ROBERT

AVENTURES

PARISIENNES.

115

AVENTURES
PARISIENNES,

AVANT ET DEPUIS LA RÉVOLUTION;

Ouvrage qui contient tout ce qu'il y a de plus piquant relativement à Paris : Anecdotes, Mœurs, Travers, Théâtres, Spectacles, Histoire des Modes et des Usages, Charlatans, Trompeurs de toute espèce, Sottises, Vertus, Ridicules, Folies, etc., etc., etc.

Le tout fidèlement recueilli par l'auteur des Mille et une Folies.

TOME TROISIEME.

A PARIS,

Chez MAUGERET fils, Imprimeur et Editeur, rue Saint-Jacques, N°. 38.

DUCHESNE, Libraire, rue des Grands-Augustins, N°. 20.

CAPELLE et RENAND, Libraires-commissionnaires, rue J.-J. Rousseau, N°. 6.

HÉNÉE, Imprimeur-Libraire, rue St. Sevrin, N°. 8.

~~~~~~

DE L'IMPRIMERIE DE MAUGERET FILS.

1808.

J'ai déposé à la Bibliothèque Impériale les deux exemplaires voulus par la loi, et je déclare que je poursuivrai devant les tribunaux tout contrefacteur et débitant d'édition contrefaite.

LES MŒURS

DE PARIS,

AVANT ET DEPUIS LA RÉVOLUTION.

CHAPITRE XXX.

Divorce.

C'est une loi très-sage que celle qui permet le divorce dans les cas où la vie commune est devenue insupportable , quoiqu'une femme d'esprit ait dit du divorce , qu'il était le sacrement de l'adultère. On est surtout témoin dans la Capitale combien les mariages heureux sont une chose rare, et l'on n'y voit que trop souvent combien il est nécessaire, vu la corruption des mœurs et la fragilité de l'espèce humaine, que l'hymen

3

n'ait point pour tout le monde des chaînes éternelles. D'ailleurs, si nous murmurons contre des nœuds indissolubles, nous supportons avec bien moins de peine des liens que la loi permet de rompre, lorsqu'il est devenu impossible d'en supporter le poids.

Si les peuples anciens autorisèrent le divorce, ils n'estimèrent pas davantage les divorcés. Solon permit le divorce; mais il y attacha l'infamie, ainsi que Lycurgue, Romulus et Numa. Pendant cinq cents ans, il n'y eut à Rome qu'un seul divorce, encore fut-ce pour cause de stérilité.

Milton voulant répudier sa première femme qui l'avait quitté après un mois de mariage, parce que ses parens étaient royalistes et l'époux républicain, composa un traité du divorce. « L'union con- » jugale devant être un état de douceur » et de paix, disait-il, la seule contrariété » d'humeur doit faire rompre une telle » union; il est inutile de crier en public :

» liberté ! si l'homme est dans sa maison
» l'esclave du sexe le plus faible. » Il
dédia ce Traité à Cromwel, en lui représentant que puisqu'il était établi pour
la réformation du Royaume, il devait
veiller à la réforme des troubles domestiques comme à celle des troubles publics.
Milton, en conséquence de ses principes,
rechercha en mariage une jeune personne
belle et réunissant l'esprit aux dons de
la nature. Sa femme, alarmée, se rendit
dans la maison d'un ami commun, où il
se trouvait alors. Il la vit tout-à-coup
sortir d'une chambre, se jeter à son cou,
et le conjurer de lui pardonner. Attendri
par ses larmes, Milton pleura avec elle.
L'ami commun vint à l'appui. Les deux
époux se réconcilièrent. La réunion fut
sincère et durable. Milton, lorsqu'il se
livra à son génie poétique, décrivit cette
scène touchante, qu'il supposa se passer
entre Adam et Eve : c'est un des plus
beaux endroits du *Paradis perdu*, livre X.

Le fait suivant, quoiqu'il soit peu commun dans Paris, nous semble pouvoir trouver ici sa place. Est-il permis à un homme de battre sa femme, toutes les fois que cette fantaisie lui vient, ou qu'il croit en avoir sujet; et les tribunaux peuvent-ils réprimer cet exercice de la puissance virile, quand il passe les bornes de la convenance? Cette question, en 1802, fit la matière d'un procès qui fut terminé par une décision du tribunal de cassation. Un certain Laurent G***, habitant de la ville de Gand, était dans l'usage odieux de battre sa femme. Le commissaire de police, plus galant, instruit de ce qui se passait, en dressa procès-verbal, et sur la requête du ministère public, le délinquant fut traduit au tribunal de police correctionnelle. Il s'agissait de savoir si le droit de battre sa femme était une prérogative attachée à la prééminence maritale, et si la loi pouvait, par son silence, confirmer l'usage de ce prétendu privilège. Il y eut beaucoup de discussions à ce sujet, un grand concours de spectateurs, et les femmes ne furent pas les dernières à assister à l'audience. Le substitut du commissaire du Gouvernement, qui avait présenté la plainte, se montra fidèle à son caractère, et défendit les droits du plus faible contre la violence du plus fort. Cependant le tribunal, considérant que la tranquillité publique n'avait pas été troublée, que la victime, docile et soumise, n'avait exprimé aucune plainte, se détermina à acquitter le mari brutal.

Ce jugement pouvait être fondé, jusqu'à un certain point; mais il en résultait que l'innocence douce et timide pourrait être opprimée sans défense, tandis que la résistance et l'énergie étaient sures de trouver dans les lois un appui prompt et salutaire. Le substitut appela de ce jugement au tribunal criminel. Ici ses fonctions cessaient, sa persévérance protectrice ne pouvait plus être d'aucun secours pour la partie battue. C'était au

*

commissaire du Gouvernement qu'il appartenait de suivre le cours de cette affaire; celui-ci, moins jeune, ou plus austère peut-être, ne partagea point l'opinion du substitut. Il pensa que la répression du délit imputé au mari n'appartenait point aux tribunaux. Il ne vit dans le bras d'un époux qu'un instrument de puissance et de force, donné sagement par la nature, pour réprimer les écarts, ou vaincre la résistance de la partie destinée à obéir; il présenta l'époux revêtu de tout l'éclat de son autorité, investi de la glorieuse prééminence que son sexe lui accorde sur le sexe faible, mais souvent mutin, qu'il est destiné à régir; il invoqua les principes de la discrétion et de la décence, qui doivent couvrir d'un voile religieux les secrets domestiques et de la couche conjugale; il ne vit rien dans la plainte portée par le substitut, qui pût devenir l'objet d'une décision judiciaire, et conclut à acquitter le mari, pour ne point porter l'alarme dans les familles, et le scandale dans les mœurs. Mais les paradoxes et l'éloquence du commissaire n'en imposèrent point au tribunal. Il ne crut pas que la qualité de mari fût un titre suffisant pour battre une femme; et considérant que Laurent G*** avait battu la sienne, il le condamna à la peine d'un mois de prison.

Autant le substitut avait déployé de zèle pour la femme, autant le commissaire en montra pour le mari. Il se pourvut en cassation, et fit valoir plus au long les motifs de son opinion et de son pourvoi. Suivant lui, l'homme et la femme ne font qu'un. Si le mari bat sa femme, ce n'est qu'un seul individu qu'il bat; et comme il se trouve identifié avec la personne battue, il s'ensuit qu'il est battu lui-même. Or, aucune loi ne peut punir un individu qui veut se battre lui-même; c'est à l'opinion seule qu'il appartient de faire justice de ces sortes d'incartades. Un mari, continua-t-il, par un usage invaria-

blement suivi chez tous les peuples, est
le chef de la maison, le maître de la société conjugale; il en a le gouvernement
et la direction suprême;s'il doit à sa femme
amour et protection, celle-ci doit à son
tour amour et docilité; cette réciprocité
de sentimens diffère peu de ceux qui
constituent la puissance paternelle.Ce ne
sont que les traitemens capables de mettre
en danger les jours de ceux qui les ont
soufferts, qui puissent être, et qui aient
jamais été l'objet d'une poursuite extraordinaire. Penser autrement, ce serait
anéantir le droit nécessaire de correction
que le mari a sur la femme. Ici, le commissaire cita l'autorité des savans juris-
consultes Bardus ou Bardet et de Bourjon,
qui veulent qu'un mari soit libre de corriger sa femme. Si ce privilège reçoit quelque atteinte, c'en est fait de la discipline
domestique; le mari ne jouira que d'une
autorité précaire. Les femmes frivoles,
assurées de la protection des tribunaux,
n'auront plus d'autres règles que l'impé-

tuosité de leur caractère, et le déréglement de leurs caprices. Les juges seront tous les jours importunés de dénonciations domestiques. Les secrets de famille, faits pour être renfermés dans l'ombre du mystère, seront, au grand scandale du public, révélés sans pudeur. Le mari, dépouillé de sa puissance, deviendra un chef méprisé et avili; et l'anarchie s'introduisant dans le sein des familles, l'époux honni et conspué, sera trop heureux de recourir au divorce.

Telles furent les nombreuses observations que le commissaire présenta au tribunal de cassation, pour faire infirmer le jugement du tribunal de l'Escaut.

Mais monsieur Lefessier, substitut du commissaire, vint au secours de la partie battue. Ce magistrat prétendit, avec raison, que la qualité de mari ne faisait point cesser l'influence des lois établies pour la protection de tous les individus du corps social; et dans un mémoire rédigé avec soin, il conclut que le tribunal de l'Es-

1 *

caut avait pu appliquer au délinquant
les dispositions de la loi du 14 juillet 1791.

Le 28 ventose an X (1803), sur le rapport de M. Dulocq intervint un jugement
du tribunal de cassation, motivé de la manière suivante : « Attendu qu'il a été jugé
par le tribunal criminel de l'Escaut, que
les faits qui formaient le sujet de la plainte
du magistrat de sûreté, avaient troublé
la tranquillité publique, et que les tribunaux sont juges de la moralité de ces
sortes d'actions, dont la poursuite fait
partie des attributions du ministère
public; attendu que les délits soumis à
la police correctionnelle sont punissables
d'une amande ou de l'emprisonnement,
et que, dans l'espèce, la cumulation
n'était pas expressément ordonnée ; d'où
il suit qu'en n'en prononçant qu'une, le
tribunal n'a commis aucune contraven-
tion, rejette le pourvoi. » Ainsi, il est
solemnellement jugé que les maris n'ont
point le droit de battre leurs femmes.

Mais lorsque les unions conjugales

sont mal assorties, pourquoi le divorce légal ne serait-il pas permis ? Il n'est pas toujours commode aux époux de vivre chacun de leur côté ; d'ailleurs le libertinage honnête , ou hypocrite, aime une sorte de décence. Quelque temps avant le mariage de M. le Dauphin, qui régna sous le nom de Louis XVI, deux particuliers assis sur le même banc dans le jardin des Tuileries, lièrent conversation sans se connaître , et vinrent à parler des filles que la ville mariait en réjouissance de l'événement du jour. L'un d'eux raconta qu'une des jeunes filles avait répondu au prévôt des marchands qui lui demandait le nom et l'état de son futur : « Je n'en ai point, et j'ai cru que vous fournissiez tout. » Le narrateur, voyant que son voisin riait aux éclats de cette naïveté , lui dit en le fixant : « La ville donne cent pistoles à chaque fille qu'elle marie : vous me paraissez un honnête homme , un bon artisan : si vous voulez il ne tiendra qu'à vous de grossir le nombre des nouveaux maris. » Celui-ci répondit aussitôt : « La ville promet cent pistoles à ceux qui, sous ses auspices, se décideront à prendre une femme , et moi je donnerais volontiers le double pour me débarrasser de la mienne..»

Une femme du village de Chaillot, près Paris, quoique mère de sept enfans, quitte son mari en l'an XIII (1804), et lui laisse tous les gages qu'elle avait eus successivement de sa tendresse. L'époux au désespoir, choisit parmi ces malheureux enfans celui qui lui était le plus cher , (et c'était directement une fille, dont la figure intéressante lui rappelait les traits de sa perfide compagne); il la conduit vers la rivière , en lui parlant du malheur horrible où il est tombé, et que la mort est le seul remède à sa situation ; il arrive au bord de la Seine, saisit la petite infortunée, la précipite dans les flots, et s'y plonge après elle. On courut à leur secours, et on

les sauva l'un et l'autre. Le père, interrogé sur cet acte de désespoir, et
sur les motifs qui le portèrent à vouloir
noyer sa fille, répondit, que l'aimant
tendrement, il avait voulu la soustraire
aux peines de la vie. Différentes personnes s'empressèrent à se charger de
ses enfans, et à adoucir le sort de ce
père, digne de compassion. La petite
fille retirée de l'eau, eut le bonheur d'intéresser à son sort la bienfaisance de
notre auguste Impératrice.

CHAPITRE XXXI.

Vertus conjugales.

Nous craignons que ce chapitre ne
soit très - court, non peut - être par la
faute du sujet, mais parce que le petit
nombre d'anecdotes que nous devons à
nos recherches, sur cette matière si
intéressante, ne nous a pas permis de le
faire plus long.

Avant d'entrer en matière, nous ne
pouvons nous refuser au plaisir de ci-
ter ce passage de l'*Odyssée*, qu'il serait à souhaiter que tous les gens ma-
riés sussent par cœur; nous nous ser-
vons de la traduction élégante faite par
M. Bitaubé : « Il n'est point sur la terre
de spetacle plus beau ni plus touchant
que celui de deux époux unis d'un ten-

dre amour; qui gouvernent leur maison avec harmonie ; ils font le désespoir de leurs envieux , la joie de leurs amis, et seuls ils connaissent tout le prix de leur félicité. »

La paix régnerait plus communément dans les ménages, si les femmes étaient aussi raisonnables que celles dont nous allons faire mention. Une de ses amies la pria de lui apprendre quels secrets elle avait pour être toujours chérie de son mari; elle répondit : « Je fais tout ce qui lui plaît, et je souffre patiemment tout ce qui ne me plaît pas. »

Une femme belle, honnête, et de beaucoup d'esprit, qui ne voulait pas souffrir qu'aucun homme lui parlât d'amour, sut renvoyer tous ses adorateurs par cette sage réponse : « Avant mon mariage , j'obéissais à ma mère ; maintenant j'obéis à mon mari ; c'est pourquoi , Messieurs, si vous voulez quelque chose de moi, je vous indique le seul moyen de l'obtenir. »

Paris peut se vanter d'avoir eu aussi son Artémise. Une comtesse d'Harcourt, inconsolable de la mort de son mari, lui fit élever un mausolée superbe dans une des chapelles de l'église métropolitaine de Notre-Dame, et voulant que tout lui rappelât sans cesse la mémoire de cet époux chéri, elle fit conserver, dans le même état qu'il l'avait laissé, l'appartement qu'il habitait pendant sa vie; on y voyait la figure en cire du comte d'Harcourt, de grandeur naturelle, assise dans un fauteuil, en robe-de-chambre et en pantoufles, comme s'il allait se mettre au lit. S'arrachant à toutes les consolations, la comtesse passait des journées entières auprès de cette effigie, qu'elle arrosait de ses larmes. Une douleur si excessive ne tarda pas à détruire sa santé, et lui procura

bientôt la triste satisfaction d'aller joindre au tombeau l'époux dont rien ne
pouvait , à ses yeux , réparer la perte.

On cite encore, dans la capitale , une
dame vertueuse qui aimait tellement son
mari , que cet homme étant mort , elle
mit le cœur du défunt dans une urne de
vermeil, qu'elle tint , pendant plusieurs
années, sur une table , entre deux bougies allumées nuit et jour ; elle venait
régulièrement pleurer et gémir auprès
de ces tristes restes ; elle contemplait,
elle touchait ce cœur qui avait été si
long-temps rempli de son image; et quand
on venait lui dire qu'il y avait sept
heures consécutives qu'elle était en
proie à sa douleur , elle ne croyait
pas qu'il y eût seulement une demi-
heure.

Si, à de longs intervalles, il y a quelques Artémises dans Paris , on peut aussi
y trouver des maris très sensibles à la

mort de la compagne que leur avait donné l'Hymen. « J'ai connu un homme, dit Roucher, dans une note de son Poëme des Mois, qui, trois ans après avoir perdu sa femme, ne se couchait jamais sans avoir visité auparavant la chambre où elle était morte. Il avait contracté le besoin d'y pleurer; et lorsqu'on lui en faisait des reproches, il répondait : Je sens que je vis encore, car je pleure. »

Un habitant de Paris, père de plusieurs enfans, vit mourir sa compagne chérie. Résolu de ne pas lui survivre, il voulut se laisser périr de faim. Ce moyen lui paraissant trop lent, il se coupa la gorge, en prononçant le nom de feue son épouse.

Que vous êtes à plaindre ! (disait-on un jour à un homme qui aimait éperduement sa femme) que vous êtes à plaindre, vous aimez une ingrate, qui, bien loin d'avoir aucun retour pour vous, vous témoigne une haine extrême ! — « Je ne suis pas tant à plaindre que vous vous l'imaginez, répondit-il ; ma femme est plus malheureuse que moi, car j'ai le plaisir d'avoir toujours devant les yeux une femme que j'aime tendrement ; elle, au contraire, a la douleur de voir continuellement un homme qu'elle n'aime point. »

Une jeune et jolie femme résistait à toutes les douceurs que lui débitaient les galans ; mais la vanité seule, non la vertu, l'obligeait à une réserve si rare : elle était dans l'opinion que les plaisirs de l'amour nuisaient à la beauté, et surtout à la fraîcheur de son teint, qu'elle avait effectivement admirable ; en conséquence de son idée, elle aimait mieux tout sacrifier à la satisfaction d'être belle, que de risquer de perdre ses attraits, en goûtant les délices d'une tendre passion.

Cette dame, si peu louable du motif

qui l'attachait à ses devoirs, avait néanmoins beaucoup d'esprit. Elle jouait un
soir au jeu de société appelé *des com-
paraisons*, qui consiste à trouver des
rapports justes avec une chose dite au
hasard. Ayant comparé la pensée de
quelqu'un à un œuf, on lui dit qu'il s'agissait du mariage ; et voici comment elle
expliqua l'analogie de ces deux choses,
si différentes au premier coup - d'œil :
« Rien de si semblable, dit-elle, car
ils ne sont bons tous deux que le premier jour. »

La baronne de *** aimait éperduement
le marquis de ***, l'un des plus beaux
hommes de la cour, et qui, à toutes ses
brillantes qualités, joignait encore l'a-
vantage d'être parent de la belle personne dont il avait fait la conquête.
Madame de *** était certaine d'être adorée, et tout l'assurait de la discrétion
du marquis ; mais elle refusait de manquer à son mari, parce qu'elle ne
pouvait

pouvait se résoudre à être la femme d'un homme devant qui elle aurait à rougir. Personne n'en saura rien, se disait-elle souvent à elle - même; mais moi, mais mon amant, nous le saurions. Cette délicatesse si extraordinaire l'empêcha de succomber, malgré la vivacité de sa passion. Pressée par le marquis, de couronner le plus tendre amour, elle lui avoua, les larmes aux yeux, qu'elle était résolue d'être fidèle à son mari, attendu qu'il lui était impossible de déshonorer un homme avec qui elle devait passer sa vie; qu'en un mot, il lui paraîtrait affreux d'avoir pour époux celui qu'on pourrait qualifier d'une injurieuse et trop commune épithète. Le marquis eut beau dire, il lui fallut toujours se contenter du titre d'ami, grâce au plus bisarre orgueil dont on ait jamais entendu parler, qui fut plus fort que le devoir et la sagesse.

La marquise de Blainville n'était ma-

riée que depuis un an, et voyait à peine
son époux une fois dans huit jours,
jeune homme livré au tourbillon du
monde, et plus attentif à en suivre toutes
les maximes, qu'à former son cœur.
Mais la marquise sachant qu'une telle
conduite était généralement en usage,
avait pris sur elle de s'y accoutumer,
et de la trouver fort naturelle. Un après-
dîner qu'elle montait en carrosse pour
aller à l'Opéra, un inconnu lui remit
un billet, et disparut dans l'instant.
Étonnée de cette manière mystérieuse
de remettre les missives, elle se hâta
de lire celle qu'elle venait de recevoir;
elle y lut ces mots, qui flattèrent autant
son amour-propre, qu'ils lui causèrent
de surprise: « Tout me défend en vain
de vous aimer; je me livre à l'ardeur
que vous faites naître. Il est vrai que
mon amour est sans exemple; mais il
prouve davantage le pouvoir de vos
charmes. Je sais encore qu'un être de
mon espèce éprouve rarement une pas-

sion pareille à la mienne ; je vous jure pourtant, et avec la dernière vérité, que ces mortels, qu'on appelle des amans, ne ressentirent jamais des feux aussi vifs que les miens. Adieu, Madame; vous ne me connaîtrez qu'en voulant faire mon bonheur , si jamais je suis assez heureux. »

Toute autre que la marquise aurait peut-être ressenti quelque colère, en recevant cette bisarre déclaration d'amour ; mais si elle croit avoir lieu d'être offensée, c'est par ce qu'on juge à-propos de garder l'anonyme. Quel est-il, cet être mystérieux, se dit la marquise ? Plus je relis les paroles énigmatiques qu'il m'écrit , plus je sens augmenter mon incertitude et mon étonnement. *Un être de mon espèce.* De quelle espèce est-il donc ? Ce n'est pas sans doute un Sylphe, un Génie élémentaire ; personne ne croit à de telles absurdités. Madame de Blainville questionne, interroge tout le monde sans rien décou-

vrir; elle a la mortification de ne pouvoir apprendre quel est ce nouvel adorateur de ses charmes. Quel supplice
pour une femme curieuse, dont le caractère vif et ardent s'irrite au moindre
obstacle qu'il rencontre!

Deux grands jours se passent dans ces
vives agitations; le matin du troisième,
en se mettant à sa toilette, elle apperçoit, contre un pot de rouge, un papier
roulé et plié en cœur, qu'elle saisit avec
empressement, se flattant que son inconnu lui écrit, et qu'il va satisfaire sa
curiosité impatiente; elle y trouve ces
mots, qui redoublèrent son incertitude :
« Vous cherchez à savoir qui je suis ;
mais quand vous en serez instruite, que
j'ai lieu de craindre votre indifférence !
Ma vue vous révoltera peut-être. Un
préjugé fatal m'ôte jusqu'à l'espoir, unique consolation.... Que dis-je! me con-
vient-il d'adorer vos charmes? Ne trou-
blons pas l'ordre des choses, et soyons
toujours invisible. Mais, belle marquise,

ne pourriez vous vous élever au-dessus des préjugés vulgaires? Vous ne seriez pas effrayée de l'amour que vous inspirez à un être de mon espèce. Je me flatte quelquefois que vous serez digne d'un tel effort. » Après avoir lu ce second billet, la marquise fait mille questions à ses femmes ; elle prétend qu'elles doivent savoir quel est cet étrange amant qui s'obstine à garder l'anonyme. Une d'elles lui dit qu'elle a vu entrer dans le cabinet de toilette le financier Mondor, et que c'est sans doute lui qui a glissé le billet sur la toilette.

Madame de Blainville est enchantée de savoir quel est l'amant anonyme ; elle n'est point irritée de la hardiesse du Crésus; elle le blâme seulement de la manière mystérieuse avec laquelle il fait l'amour, et les billets qu'elle croit en avoir reçus lui paraissent dignes d'un homme qui a beaucoup plus d'argent que d'esprit. La première fois que M. Mondor vint lui faire la cour , elle lui dit en

*

souriant : « Ne savez-vous qu'écrire de singuliers billets, et n'osez-vous jamais parler ? On peut n'être pas toujours indifférente à votre mérite. » Le financier s'imagine que la marquise vient de lui faire une déclaration d'amour, et qu'il doit profiter des dispositions favorables qu'elle lui témoigne. Il se répend en tendres protestations ; il jure que si sa bourse est quelquefois ouverte à ses amis, elle est toujours au service de ses amies. Le lendemain des offres généreuses du Crésus, elle trouve sur sa toilette un écrin, dans lequel il y avait des boucles d'oreilles de diamans, et de superbes bracelets. Elle n'appercevait pas d'abord un petit papier caché au fond de la boîte ; elle le déploie, et y lit ce qui suit : « Vos soupçons ne tomberaient jamais sur moi. Eh bien, apprenez que vous cherchez loin de vous l'amant qui est toujours à vos côtés ; je ne vous abandonne pas un instant, je me plais à voler sur vos traces. Je vous dirai bien plus ; je lis ce qui se

passe en vous - même, aucune de vos
pensées ne m'échappe. Malheureuse intelligence, que tu me coûtes cher! Je
ne puis ignorer combien je vous suis in-
différent. Ma destinée l'emporte, je me
livre au charme de vous aimer. Je dis-
siperai bientôt le nuage qui me dérobe
à vos yeux ; mais que penserez-vous de
ma subite apparition ? »

Ce singulier billet échappa des mains
de Madame de Blainville, effrayée d'a-
bord de l'être indéfinissable qu'elle avait
eu le malheur de charmer. Cependant
elle se rassura après un instant de réflexion, et ne douta pas que la lettre et
le magnifique présent ne fussent de Mondor. Le lendemain elle lui en fit des reproches, et il ne manqua pas de lui protester que c'était lui faire trop d'honneur. Les sermens du financier, et le
refus qu'il fit de reprendre ses dons, con-
firmèrent encore davantage la Marquise
dans sa prévention. Elle se mit au lit,
agitée de divers sentimens, et ne pou-

vant fermer l'œil ; elle entendit un léger
bruit au milieu de sa chambre ; sa bougie de nuit s'éteignit tout-à-coup ; on
ouvre doucement ses rideaux ; elle entend soupirer auprès d'elle. La frayeur
qui la saisit fut à son comble, quand une
voix mélodieuse prononça ces mots :
« Tu te trompes, reviens de ton erreur ;
les billets et les présens ne sont point
du financier Mondor ; un être au-dessus
de lui t'adore, que tu chériras si tu re-
nonces au préjugé du grand monde. »
La bougie est soudain rallumée, et un
silence profond règne autour de la marquise. Remplie d'effroi, madame de
Blainville peut à peine tirer le cordon de
sa sonnette ; ses femmes accourent à
demi-nues, et la trouvent évanouie ; à
force de sels et d'eaux spiritueuses, on
parvient à la faire revenir. Toute la maison est sur pied. L'époux de la marquise
vient à la hâte au secours de sa compagne, et se présente en robe-de-chambre, dans le désordre d'un homme qui

est sorti précipitamment du lit. La marquise l'instruit du sujet de la frayeur qu'elle a eue. « Que vos terreurs soient fondées ou chimériques, dit M. de Blainville, avouez que vous auriez bien voulu cette nuit m'avoir à vos côtés ? — Je conviendrai que j'aurais eu moins peur. — Eh bien, ma chère femme, vivons bourgeoisement, faisons moins souvent lit à part. — Ce serait nous couvrir du dernier ridicule. Retirez - vous même tout-à-l'heure ; le trouble où je suis me rend malade : une de mes femmes couchera dans ma chambre. » Le marquis juge à propos d'obéir. Madame de Blainville, un peu rassurée par la précaution qu'elle vient de prendre, s'endormit d'un profond sommeil. Il n'en fut pas de même la nuit suivante : vers les deux heures du matin, un bruit sourd renouvelle ses frayeurs; elle prête l'oreille ; elle entend marcher dans le cabinet de toilette; elle appelle sa femme-de-chambre, et ne peut parvenir à la réveiller. Elle sent

2 *

une main froide lui toucher la gorge; elle rassemble ses forces pour tirer le cordon de sa sonnette et perd connais-sance. On accourt avec des lumières; en revenant à elle-même, on lui montre un magnifique collier de diamans qu'elle a autour du cou , composé de pierres de différentes couleurs, dont l'arrangement symmétrique forme un effet admirable. « Il n'est plus possible d'en douter, s'écrie-t-elle avec un joie mêlée de terreur, je suis aimée d'un Sylphe. »

Une nuit qu'elle dormait paisiblement, on dissipe son sommeil en lui prenant doucement le bras. Elle ouvre les yeux , et voit au milieu de la chambre un grand homme couronné d'étoiles brillantes , couvert d'une robe rouge et bleue. Le fantôme lumineux s'avance gravement près de madame de Blainville; pose sur un siège son diadême éclatant , et se couche à côté de la marquise , sans qu'elle eût la force de s'y opposer. Elle s'endor-mit dans les bras de son inconcevable amant; à son réveil, elle se trouve seule et ne voit aucune trace des objets qui l'ont frappée. Elle appelle la soubrette qui couchait dans sa chambre. « Vous avez eu grand'peur cette nuit, lui dit-elle. — Moi, madame? je vous jure que non; nous n'avons absolument rien entendu, et aucun objet extraordinaire ne m'a épouvantée. » La marquise est charmée que le Sylphe et ses prodiges ne soient visibles que pour elle seule.

Après que ces amours extraordinaires eurent duré quelque temps, le Sylphe paraît une nuit au milieu de la chambre de la marquise, et lui parle en ces termes, d'une voix émue:«Il faut que je vousquitte pourtoujours. Nous sommes soumis à des devoirs qu'il nous estimpossibled'enfreindre. Une puissance supérieure m'obligede me transporter dans une planète éloignée de dix millions de lieues, que je dois habiter pendant dix mille ans. Mais avant que je te quitte pour jamais, charmante mortelle, je te prescris d'aimer ton mari en ma place. Adieu. » Le Sylphe disparut au milieu d'une flamme très-vive.

La marquise crut devoir obéir aux ordres de cette intelligence supérieure, et elle vécut parfaitement heureuse.

Il est temps d'expliquer ce que c'était que le galant Sylphe, et de faire évanouir le merveilleux de l'histoire que nous venons de raconter, arrivée réellement sous le règne de Louis XV. Le Sylphe amoureux n'était autre que le marquis de Blainville, qui n'osant jouer le rôle d'amant de sa femme, dont il craignait même de n'être point écouté, eut recours, à l'aide de phosphores, au moyen bisarre que nous avons décrit.

Un homme de lettres, aussi estimable par ses talens que par ses qualités personnelles (M. Lacépède), ayant eu le malheur de perdre une épouse digne de toute sa tendresse, laissa éclater sa profonde douleur par ces paroles touchantes, au **commencement** de son *Histoire*

Naturelle des Poissons : « Ah ! lorsque, n'aguères, j'exprimais dans cet ouvrage mes sentimens immortels pour elle, je pouvais encore la voir, lui parler, et l'entendre. C'etait auprès d'elle que j'écrivais cet éloge si mérité, que j'étais obligé de cacher avec tant de soin à sa modestie. L'espérance me soutenait encore au milieu des peines cruelles que ses douleurs horribles me faisaient souffrir, et de la tendre admiration que m'inspirait cette patience si douce, qu'une année de tourmens n'a pu altérer. Aujourd'hui j'écris seul, livré à la douleur profonde; condamné au désespoir par la mort de celle qui m'aimait. Ah ! pour trouver quelque soulagement dans le malheur affreux qui ne cessera de m'accabler, lorsque je reposerai dans la tombe de ma bien aimée, que n'ai-je le stile de mes maîtres pour graver sur un monument plus durable que le bronze, l'expression de mon amour et de mes regrets éternels ! Du moins les amis de la nature, qui par-

courront celte Histoire, ne verront pas
celte page arrosée de mes larmes amères
sans penser avec attendrissement à ma
Caroline, si bonne, si parfaite, si aimable, enlevée si jeune à un époux
désolé. » (1)

Afin de ne point remplir d'idées tristes
l'âme de nos lecteurs, nous garderons le
silence sur les traits d'héroïsme conjugal
que firent éclater plusieurs femmes, qui
dans les temps affreux de l'anarchie et du
terrorisme, en 1793, partagèrent les fers
de leurs époux, et même voulurent monter avec eux sur l'échafaud.

(1) M. de Lacépède est aujourd'hui Grand-
Chancelier de la Légion d'Honneur. Le trait
qu'on vient de rapporter prouve combien son
âme est aimante. Ses plus douces affections se
dirigent aujourd'hui vers les légionnaires qu'il
chérit comme ses enfans Il ne compte au
nombre de ses beaux jours que ceux où il a pu
être utile à quelqu'un d'eux. (*Note de l'Éditeur.*)

CHAPITRE XXXII.

Amour.

IL faut avoir éprouvé toute la violence de l'amour, pour sentir tout ce qu'ont de touchant les vers que nous allons rapporter, et que traça d'une main défaillante un malheureux amant près d'expirer de désespoir.

Qui ne connut jamais l'amour et son ivresse,
Le charme des plaisirs, les traits de la douleur,
   L'espoir séduisant du bonheur,
Les sentimens jaloux, enfans de la tendresse;
Qui veut jouir, pleurer, sourire, aimer, souffrir,
Qui veut tout éprouver, tout sentir, tout
       connaître,
Qu'il rencontre l'objet que le ciel a fait naître
Pour embellir ma vie et pour me la ravir.

Amour ! passion terrible qui nons maîtrise, nous subjugue, nous élève ou nous

abaisse , tu portes tes malheureuses victimes aux extrémités les plus cruelles ;
si quelquefois tu les conduis à la vertu,
souvent tu les précipites dans le crime.
Que d'exemples il nous serait facile d'en
rapporter! Un jeune militaire, désespéré
de ne pouvoir être uni à l'objet de sa
tendresse , résolut de terminer sa vie.
Quelques minutes avant de cesser d'exis-
ter, il écrivit la lettre suivante: « Adieu ,
mes chers amis ; la vie est devenue un
fardeau trop pesant pour moi, et je m'en
débarrasse.Ceux qui ne réfléchirontpoint
m'accuseront de faiblesse ; mais ils se
tromperont. Le même courage qui me
fit aller au-devant de la mort , m'aurait
aussi aidé à supporter les peines de la vie
quelles qu'elles fussent. Mais à quoi cela
m'aurait-il servi ? L'amour, en éteignant
en moi toute autre passion, m'a rendu
incapable de servir utilement ma patrie,
mes amis et ma famille. Pourquoi donc
préférerais-je une vie qui est inutile aux
autres et accablante pour moi ? Non, je

l'abandonne de sang-froid. Le seul regret que j'emporte au tombeau , c'est d'avoir fait le sacrifice de mon existence à mon propre soulagement , et non à quelque motif plus noble et plus désintéressé......
Défendez ma mémoire contre les amans heureux, car je ne suppose point que les amans malheureux l'attaquent..... Les pistolets sont chargés ; j'ai fini , adieu , tout est dit pour moi. »

Il se trouve quelquefois des Français aussi jaloux et aussi emportés dans leurs amours que le sont ordinairement des Espagnols et des Italiens. Un jeune homme avait le malheur d'être fortement épris d'une très-jolie personne , mais de mœurs aussi dépravées qu'elle était belle ; les représentations de ses amis, les reproches qu'il se faisait à lui-même , rien ne pouvait le guérir de cette passion honteuse, dont il lui arrivait souvent de rougir. Un soir que sa trop séduisante Laïs l'avait assuré qu'elle ne sortirait point de

chez elle , il alla promener sa mélancolie dans la brillante Redoute de la rue
Grenelle-Saint Honoré. Quel fut son désespoir d'y voir bientôt arriver la perfide qu'il idolâtrait , accompagnée d'un
homme pour qui elle paraissait avoir les
plus tendres prévenances ! Hors de lui,
déchiré par tous les tourmens d'un amour
violent et malheureux, il attendit en fré-
missant son infidèle, sans considérer
qu'elle lui avait fait bien d'autres outrages, qu'il lui avait fallu dévorer ; il
attendit celle qu'il aimait plus que sa
propre vie, et ne la vit pas plutôt sortir,
qu'il la frappa d'un coup de couteau dans
le sein, et se perdit dans la foule. Cette
jolie, mais coupable victime de l'amour
outragé , mourut deux jours après, sans
se douter quelle était la main qui termi-
nait sa carrière. L'infortuné qui s'était
livré aux transports d'une jalousie furieuse, ne tarda pas à expirer de douleur.

Une femme tendre , vivement éprise

de son amant, peut lui faire les plus
grands sacrifices, s'il l'exige; mais elle
ne pourra jamais se décider à paraître
moins aimable aux yeux des autres. Cette
vérité serait confirmée par l'exemple
suivant, si elle avait besoin de preuves.
Le comte de ***, très-amoureux et très-
jaloux, tyrannisait sans cesse une femme
de la cour, dont il était l'amant en titre,
aux yeux du public, et même du mari.
L'heureux comte forçait chaque jour sa
maîtresse à de nouvelles privations. Il
commença par exiger qu'elle bannît de
sa société les hommes qui lui portaient
ombrage; ce qui lui fut facilement accordé; il demanda ensuite l'éloignement
de deux amies intimes; la tendre Euphrosine n'hésita pas un instant à le satisfaire,
quelque peine qu'elle eût à se séparer
de deux amies qu'elle chérissait depuis
son enfance. Le comte, toujours soup-
çonneux, fit chasser tous les domestiques
de la dame soumise à ses lois. Enfin, il
exigea qu'elle ne mît plus de rouge : alors

Euphrosine sentit tout le poids des chaînes qu'elle portait ; le jaloux fut congédié à son tour.

Un jeune homme faisait sa cour à une jolie femme , et s'efforçait vainement de la rendre sensible. Un jour qu'il lui exprimait combien il y avait de *temps* qu'il éprouvait ses cruautés , et combien il était rigoureux de ne point lui tenir *compte* de sa persévérance, la dame se mit à rire, et le défia de lui faire des vers dans chacun desquels entreraient les mots *compte* et *temps* , qu'il venait de répéter avec tant d'exagération. Le jeune homme entreprit de satisfaire ce caprice ; voici les vers qu'il composa sur-le-champ :

Je ne *compte* pour rien le retour du prin*temps*,
Ce *temps* où les amans trouvent si bien leur
    compte;
Si la beauté sur qui depuis long-*temps* je
    compte
Ne veut venir à *compte* et me payer mon *temps*.
Compte , cruelle Hébé , depuis combien de
    temps
Je perds un *temps* pour toi dont tu ne tiens nul
    compte.

Une de ces beautés à la mode , qui annoncent par leur luxe énorme la folie de leurs amans , chérissait de bonne foi un jeune militaire , et le rendait véritablement heureux. Mais comme l'homme est naturellement inconstant , et surtout en amour , celui-ci se lassa de son bonheur , devint infidèle , et fit éclater son changement. La belle délaissée , au lieu d'imiter l'exemple qu'on lui donnait, éprouva les tourmens de la jalousie et les horreurs du désespoir ; elle se procura une forte dose d'opium , et résolut de s'endormir pour toujours. Avant d'avaler le fatal breuvage , elle écrivit une lettre très-touchante au perfide qu'elle adorait. Elle lui annonçait le dessein qu'elle avait formé de terminer ses jours, et qu'il devait se regarder comme l'auteur de sa mort. « Je n'existerai peut-être plus lorsque vous recevrez ce billet, lui disait-elle : si ma perte peut réveiller en vous quelque sentiment de pitié, la seule preuve que vous puissiez m'en

donner, c'est de venir promptement recueillir mes derniers soupirs. » Le militaire regarda cette épître comme une
plaisanterie. Il ne voulut point aller lui-
même chez sa tendre amante; il y envoya un de ses amis, afin de l'engager
à se consoler dans le sein des plaisirs.
Mais l'ami trouva l'infortunée sans connaissance, au milieu de plusieurs médecins, qui tâchaient de la rappeler à la
vie. Ce ne fut qu'après quatorze heures
de tentatives, qu'on parvint à arrêter
l'effet du poison. Ce qu'il y eut de plus
singulier, c'est qu'elle revint absolument
guérie de son amour, et qu'elle ne tarda
pas à employer le meilleur remède qu'il
y ait contre l'infidélité : elle écouta un
autre amant.

Un jeune homme de la capitale, né
avec de la fortune, de l'esprit, de la
figure, mais avec une âme ardente,
agitée des plus vives passions, aimait
une demoiselle d'une naissance inférieure

à la sienne, et l'idolâtrait comme il était capable d'aimer, c'est-à-dire, à la fureur; son amante était aussi passionnée que lui; et son intelligence ne put long-temps se cacher. Un frère de la demoiselle troubla leur bonheur mutuel; il était d'un caractère fougueux, emporté, et toujours prêt à mettre l'épée à la main : aussi était-il très-estimé dans la classe de ces dangereux étourdis qu'on appelle des tapageurs. Il signifia brusquement à l'amant de sa sœur, de cesser toutes ses visites ; les représentations, les prières, les promesses d'obtenir le consentement de la famille pour une union sortable, rien ne fut capable de fléchir ce personnage hors d'état d'entendre raison. L'amant se vit forcé de tirer l'épée, pour repousser des insultes grossières ; il ne songeait qu'à défendre ses jours, et qu'à ménager ceux de son aggresseur; mais ce cruel ennemi se livrant à une fureur aveugle, s'enferra lui-même, et tomba noyé dans son sang. Au désespoir de cet événement

affreux , qui avait eu plusieurs témoins,
le jeune homme courut chez sa maîtresse,
lui apprendre la triste nécessité où il
était de se séparer d'elle. Vivement frappée de ce malheur imprévu, l'infortunée
demoiselle n'eut pas la force de soulager
sa douleur par un torrent de larmes ,
elle expira dans les bras de son amant.
Celui-ci aurait bien desiré que la mort
l'eût réuni à ce qu'il avait de plus cher ;
mais une mort ignominieuse révoltait
justement son cœur ; il allait être poursuivi , il n'y avait pas un instant à perdre ;
il prit le mouchoir de cou de sa maîtresse
comme le dernier gage d'une tendresse
qui devait faire sa félicité , et se rendit
promptement à Bruxelles. Arrivé dans
cette ville , il y vécut dans la retraite ,
fuyant tous les plaisirs , ne se livrant
qu'aux chagrins cruels dont il était dé-
voré. Un jeune homme , logé dans la
même maison que lui, l'intéressa par un
air de mélancolie et de tristesse ; il se
forma bientôt entre eux une amitié
intime.

intime. Mais le généreux fugitif de Paris
n'eut pas plutôt épuisé sa bourse en faveur de l'inconnu, qu'il ne le revit plus.
Il n'aurait tenu qu'à lui de ne point éprouver l'indigence ; il pouvait revenir dans
sa patrie, puisque sa grâce était obtenue ;
mais le séjour lui en était devenu
odieux. Cependant, sa famille voyant
qu'elle faisait en vain les plus vives instances pour le rappeler, cessa de lui envoyer des secours, afin de le forcer à se
rendre aux vœux de ses proches. Ce
moyen occasionna la catastrophe la plus
malheureuse. Le jeune homme, indigné
d'être si infortuné dès le commencement
de sa carrière, se voyant trompé, aban-
donné par un ami, à la veille d'être avili
par le manque d'argent, et se remettant
sans cesse devant les yeux l'image d'une
maîtresse adorée, dont il avait causé la
mort, forma la funeste résolution de terminer sa vie. Le jour qu'il choisit pour le
terme de ses peines, il parut d'une gaîté
extrême ; après avoir diné, il écrivit

3.   3

plusieurs lettres, et alla les mettre à la poste ; ensuite il s'éloigna de la ville d'environ une demi-lieue , et se précipita dans le canal. On retira son cadavre , mais trop tard pour le rendre à la vie. Jusqu'au dernier moment , il conserva le souvenir de son fatal amour : il avait attaché autour de son cou le mouchoir de sa maîtresse.

Epris de l'amour le plus tendre pour une jolie personne qu'il avait épousée , mais qui était d'une coquetterie extrême, un clerc de notaire se livra à toutes les fureurs de la jalousie. Sa jeune épouse fut obligée de le quitter et de se retirer auprès d'un oncle dont elle était chérie. Au désespoir de cette séparation , ne pouvant vivre sans l'objet de sa tendresse, et ne pouvant soutenir l'idée qu'un autre aurait peut-être le bonheur de plaire à celle qu'il adorait , il lui fit dire qu'il avait quelque chose de la dernière importance à lui communiquer dans le jardin du Luxembourg. La dame s'y rendit, accom-

pagnée de son oncle. Aussitôt qu'il l'apperçut, il s'approcha d'elle d'un air égaré :
« Puisque tu m'es ravie, s'écria-t-il, et
que je ne te posséderai plus, meurs de ma
main. » A ces mots il lui tira un coup de
pistolet, et la dame, quoique blessée
légèrement, tombe sans connaissance.
Il croit l'avoir tuée; alors sa tendresse
se réveille, et ne voulant pas survivre à
l'épouse adorée dont il vient d'être l'assassin, il se donne dans le sein plusieurs
coups de couteau, et expire sur-le-champ.

Tout aussi emportée dans sa passion,
une jeune personne, au désespoir d'être
abandonnée de son amant, que l'infidélité portait même à épouser sa rivale, se
rendit chez lui la veille du mariage, tâcha,
par ses larmes et les plus tendres reproches, de lui rappeler ses sermens de
n'être qu'à elle. Le voyant persister dans
son inconstance, cette héroïne en amour
s'arma de deux pistolets, dont elle s'était
munie, lui brûla la cervelle avec l'un,

en s'écriant : « Voilà pour un parjure; »
et elle se tua ensuite avec l'autre, en disant : « et voilà pour me punir de l'avoir
trop aimé. »

Une cuisinière qui servait chez un
procureur , se livra à une telle fureur
contre le premier clerc , dont elle était
passionnément amoureuse , et qui ne
voulait plus la revoir après qu'on l'eut
mise dehors , qu'elle résolut de l'empoisonner lui et toute la maison. Pour exécuter son horrible dessein , elle trouva
moyen de se procurer quelques onces
d'arsenic, en fit un paquet, le remit à un
enfant de dix ans , fils de la blanchis-
seuse de la maison, qui ne savait point
qu'elle eût changé de condition , et
qu'elle rencontra dans le quartier , et
lui dit que comme elle avait oublié
de saler le pot avant de sortir, elle le
priait d'y jeter ce qu'elle lui donnait ,
sans rien dire à personne, dans la crainte
qu'elle ne fût grondée en rentrant. L'en-

fant ne lui obéit que trop bien ; le clerc du procureur fut le seul qui n'éprouva point l'effet du poison , parce qu'un heureux hasard le fit ce jour-là dîner en ville.

Il est un moyen singulier de se guérir de la constance en amour, quand elle est nuisible à notre repos ou à notre fortune , et il est tout simple qu'il ait été imaginé par une demoiselle de l'Opéra. Un jeune homme était follement épris d'une charmante danseuse de ce spectacle magique, si enchanteur pour tous les sens , et refusait de se marier , afin de ne jamais se séparer de sa maîtresse. Le père du jeune homme, voyant ses instances inutiles , prit le parti d'aller trouver la trop séduisante danseuse , et lui offrit cinq cents louis, si elle voulait expulser de chez elle celui qu'elle avait enchanté. La jolie nymphe , après avoir un peu rêvé , dit qu'elle savait un meilleur moyen de guérir le jeune homme de son amour, et

de l'engager, avant qu'il fût peu, à con-
descendre aux volontés de sa famille. Sur
les assurances qu'elle donna de remplir
les intentions qu'on lui avait communi-
quées, elle reçut d'avance la moitié de
la somme promise. Voici l'expédient
qu'elle mit en usage. Elle mena son
amant à la campagne, et y passa quinze
jours absolument seule avec lui, toujours
la même, prévenant tous ses desirs, sans
jamais le contrarier, sans jamais avoir ni
humeur, ni caprices, ni bouderie. Ce
jeune homme revint de cette campagne
si ennuyé, si excédé de sa maîtresse,
qu'il ne voulut plus la revoir, et consentit à épouser la demoiselle qui lui était
destinée depuis long-temps.

La jolie nymphe dont nous allons faire
mention n'avait point l'art de faire ainsi
excuser sa conduite. Un étranger attiré
dans Paris pour affaires, ou par curiosité, ou par désœuvrement, s'avisa de
s'enflammer pour les charmes d'une pre-

miére danseuse d'un des principaux théâtres de la capitale. Comme il n'était pas dans le caractère de la virtuose dansante de laisser soupirer vainement........ ceux qui avaient de quoi payer ses faveurs, et que l'étranger savait comment on s'y prend pour adoucir les beautés intéressées, les choses se passèrent de manière que tout le monde fut satisfait. Mais cet amant, qui n'avait point une façon de penser ordinaire, éprouva une flamme constante; la possession, loin d'éteindre ses feux, ne fit que les redoubler; d'autant plus qu'on paraissait le payer de retour, parce qu'il payait généreusement. Mais ses fonds s'épuisèrent; ses rivaux firent des propositions avantageuses; on les écouta favorablement, et le pauvre amoureux fut congédié. Celui-ci résolut néanmoins de ne jamais se séparer de sa belle. En conséquence de son étrange projet, après le souper et les plaisirs d'adieu, après les larmes qu'il est d'usage de verser en se séparant, il tira tout-à-coup un pistolet de sa poche et se brûla la cervelle. Cette catastrophe inattendue réduisit au désespoir la tendre amante ; elle se montra inconsolable..... pendant deux jours ; et ce ne fut qu'au troisième qu'elle passa dans les bras d'une nouvelle conquête.

Beaucoup plus constante dans ses amours , une demoiselle entretenue fit admirer son extrême fidélité, mais qu'elle eut tort de pousser jusqu'au point d'en perdre la vie. A peine entré dans le monde, le fils d'un riche financier fut frappé des attraits de la charmante Pauline , et ce hâta de lui porter son tendre hommage, c'est-à-dire qu'il lui offrit de se charger de toute sa dépense , et qu'il ne tarda pas long-temps à être heureux. Mais Pauline ne feignit point d'aimer celui qui l'enrichissait; elle donna l'exemple étonnant d'un attachement véritable, plutôt l'ouvrage de la tendresse que d'un sordide intérêt. Le bonheur de ces deux jeunes amans était digne d'envie, lorsqu'il fut cruellement troublé, comme celui des héros de romans. Le vieux financier entendit parler de la passion qui enivrait son fils. Il s'efforça de détruire une illusion qu'il regardait comme très-dangereuse. Voyant ses soins, ses remontrances inutiles, il eut recours à un moyen qui ne réussit pas toujours: il fit renfermer son fils à Saint-Lazare. Plusieurs jours s'étant passés sans que Pauline entendît parler de son amant, elle se douta du malheur qui venait de lui arriver, et courut se jeter aux pieds du sévère financier, le conjura de remettre son fils en liberté, et lui promit de rompre tout commerce avec ce cher objet de sa tendresse. Attendri par les larmes de l'intéressante Pauline, le vieillard se rendit à Saint-Lazare, et déclara au jeune homme à quelle condition il le remettait en liberté. Celui-ci ne manqua pas d'y souscrire ; mais son cœur démentait tout bas les sermens que prononçait sa bouche.

3 *

Il ne tarda pas à voler dans les bras de son amante, qui, de son côté, oublia les promesses qu'elle avait faites. Le financier, trop bien servi par ses espions, apprit bientôt l'usage qu'on faisait de ses bontés, et le mépris qu'on semblait avoir de sa colère. Un nouvel ordre sépara les deux amans et replongea le jeune homme dans la prison de Saint-Lazare. Le premier moment de l'absence d'un objet qui lui était plus cher que la vie, découvrit à la belle Pauline sa nouvelle infortune; et elle courut ou plutôt elle vola chez le financier, afin de tâcher de le fléchir; mais elle ne put parvenir jusqu'à lui, le portier avait des ordres précis de lui refuser l'entrée. Comme elle insistait vainement auprès de l'inexorable cerbére, un domestique lui dit que son amant ne serait libre qu'au cas qu'elle s'éloignât de Paris, ou qu'elle vînt à mourir. Elle se retira, le désespoir dans le cœur, et se reprochant d'être la cause de toutes les persécutions qu'éprouvait un jeune homme bien né, qui,

sans elle, jouirait du sort le plus heureux.
Hors d'elle-même, dans un trouble horrible, elle trouva le moyen de se procurer un poison très-violent, et écrivit ces
mots au financier, avant d'en faire usage:
« J'aime trop M. votre fils pour m'éloigner de lui, et je me décide à mourir, afin
qu'il devienne libre.» Effrayé de cet écrit,
le financier se hâta de se rendre chez
la belle Pauline, mais il arriva trop tard;
il eut la douleur de la trouver dans les
convulsions de la mort.

Une femme fidelle à son amant, même
coupable envers elle d'inconstance, est
un sujet trop digne d'admiration, pour
que nous négligions de rapporter les
traits de ce genre qui sont parvenus à
notre connaissance.

Madame de Saint-Albane aimait éper-
dûment le chevalier de Follar, et lui donnait toutes les preuves imaginables de sa
passion. Le chevalier était loin de les
mériter; il volait de belle en belle, et

ne conservait pour sa maîtresse qu'un attachement d'habitude ; il restait d'ailleurs souvent un mois sans daigner venir la voir. Madame de Saint-Albane est instruite des outrages fréquens faits à la tendresse dont elle brûle ; elle fait prier ce trop cher inconstant de se rendre chez elle, et lui fait dire que ce sera pour la dernière fois. Le chevalier, par égard pour une femme qui flattait sa vanité, si elle ne charmait plus son cœur, vient au rendez-vous. On l'accable de reproches, ainsi qu'il s'y était attendu. « Eh bien, ajoute la dame au désespoir, ingrat, je ne veux plus te retenir dans mes fers ; tu es indigne d'un amour aussi tendre que le mien. Donne-moi ce bouillon qui est sur ma toilette et prends cette lettre, que tu ne liras qu'après m'avoir quittée pour toujours. » Le chevalier lui présente le bouillon, la dame l'avale aussitôt et lui remet une lettre ; excédé de cette scène, il se hâta de sortir, bien résolu de ne jamais retourner chez ma-

dame de Saint-Albane, qu'il ne peut
s'empêcher de plaindre, mais qu'il lui
est impossible d'aimer davantage. Quand
il est sur l'escalier, il lui prend envie de
parcourir l'écrit qu'il vient de recevoir :
quelles furent sa surprise et sa conster-
nation en y lisant que madame de Saint-
Albane n'avait pas voulu survivre à la
perte de son amant, et qu'elle s'était fait
un plaisir cruel de mourir de la main du
chevalier, qui lui avait donné lui-même un
bouillon empoisonné! M. de Follar, hors
de lui après cette lecture, appelle à grands
cris tous les domestiques, et vole au
secours de cette amante infortunée; mais
il n'était plus temps, il la trouva dans
les convulsions de l'agonie, et elle expira
bientôt à ses yeux.

On approuvera sûrement davantage la
conduite de l'amante abandonnée dont
nous allons faire mention. Une femme
trahie par son amant, l'invita à déjeûner:
dès qu'il eut pris avec elle une tasse de

chocolat, elle lui déclara que, désespé-
rée de son infidélité, elle s'était décidée
à s'empoisonner et à lui faire partager
son sort, en empoisonnant ce qui leur
avait été servi à déjeûner. L'inconstant
fut saisi d'une telle frayeur, que peu
s'en fallut qu'il ne mourût sur-le-champ.
Quand la dame délaissée eut bien joui
de son trouble et de ses craintes, elle
lui apprit qu'elle n'avait voulu que se
divertir à ses dépens, et le renvoya,
charmé d'en être quitte pour la peur.

Donnons quelquefois à nos récits
une teinte moins noire. Deux bourgeois
de Paris, qui venaient de souper ensemble au cabaret, un 31 décembre, afin
d'enterrer gaîment l'année, regagnaient
leurs demeures un peu avant minuit, et
au milieu de leurs joyeux propos, ils se
mirent à s'écrier: *Nous la tenons, oui,
nous la tenons !* voulant parler de la
nouvelle année qui était sur le point de
commencer. Une jeune personne, qui

marchait devant les deux bourgeois, et
dont l'âme timide était peu rassurée de
se trouver seule dans l'obscurité à une
heure si indue, les entendant crier *nous
la tenons*, s'imagina que c'était d'elle
qu'ils parlaient, et se mit à doubler le pas.
Les citadins en goguette s'appercevant
qu'une femme semblait vouloir les éviter, marchèrent plus vîte, afin de voir
si elle était jolie. Ils l'atteignirent bientôt, et le plus diligent lui offrit galamment le bras, en lui représentant que
l'heure et la solitude des rues la mettaient
dans le cas d'être insultée par quelque
libertin. « Je vous remercie bien, dit-elle
d'une voix émue, j'approche de la maison où je vais. » Frappé du son de voix,
l'autre bourgeois s'approche, la considère, et s'écrie :« O ciel, c'est ma fille !
Elle prend une heure bien étrange pour
ses promenades. » Après plusieurs questions et des réponses ambigues, le mystère se découvrit enfin; la demoiselle
avoua que lorsqu'elle croyait tout le

monde endormi, elle allait trouver son amant, garçon riche d'un certain âge, qui demeurait non loin de la maison pater-nelle. A ces mots, le père indigné vou-lait se livrer à toute sa fureur; mais son ami le retint, et lui donna ce judicieux conseil : « Ne faites pas de bruit, si vous ne voulez vous déshonorer vous-même, et perdre de réputation une fille qui doit vous être chère, ou que du moins vous devez plaindre. Tâchons de tirer parti de la singulière rencontre que nous ve-nons de faire , en obligeant le galant d'épouser celle qu'il ne prétendait con-server que comme une simple maîtresse; et vous , mademoiselle , apprenez-nous comment vous vous introduisez chez votre amoureux ? » La belle déclara qu'elle avait les clefs de l'allée et de l'appartement. « Eh bien , poursuivit le sage bourgeois , vous les donnerez à monsieur votre père, quand vous serez entrée; et ne vous inquiétez pas du reste. Mais sur-tout ne dites rien à l'homme

qui vous a séduite, si vous voulez réparer votre honneur. » Aucun obstacle ne
s'opposa au projet du bon citadin ; le tête-
à-tête des amans fut troublé par l'arrivée imprévue d'un commissaire et de
deux témoins ; le galant, pris sur le fait,
se vit obligé de sanctifier ses plaisirs clan-
destins par la bénédiction du mariage.

Une tendre mére vint aussi au secours
de sa fille que l'amour avait égarée. Rendue trop crédule par le sentiment qu'elle
éprouvait, une jeune personne eut la faiblesse d'avoir trop de bonté pour son
amant ; il en résulta qu'un témoin indis-
cret menaça de venir découvrir le mystère, dont la révélation aurait été d'autant plus fâcheuse, que l'amant ne pouvait réparer la faute en épousant, attendu
qu'il était déjà marié. Se repentant alors
de l'excès de sa sensibilité, elle se trouva
dans l'embarras le plus cruel. Après avoir
répandu bien des larmes et formé plusieurs projets aussitôt détruits qu'imaginés,

elle se vit dans la dure nécessité de choisir
sa mère pour confidente. Un jour elle
tomba à ses pieds, et lui fit ce pénible
aveu. La tendre mère ne s'emporta point
en reproches devenus inutiles. Elle toucha
bien mieux sa fille et lui fit sentir le prix
de la vertu, en se montrant sensible à
l'état où une faiblesse coupable venait de
la réduire. Cette femme estimable ne
trouva d'autre moyen de secourir sa fille
que de feindre elle-même d'être enceinte, et d'obtenir de son mari la permission d'aller passer plusieurs mois à
la campagne, afin d'y faire ses couches
plus tranquillement. Elle emmena sa
fille avec elle, qui devint mère sans être
soupçonnée, et eut la satisfaction de voir
élever sous ses yeux l'enfant qu'elle mit
au monde, à qui elle prodiguait ses soins
et ses caresses, comme si elle n'eût été
que sa sœur. Ainsi, son honneur fut con-
servé, grâce à l'innocent stratagême de la
meilleure des mères; il lui fut possible, par
une bonne conduite, de réparer la faute

que trop d'amour lui avait fait commettre.

La fidélité, la constance règne bien
plus parmi les amans que parmi les
époux ; serait-ce parce que le bonheur
des premiers n'étant qu'un consentement
mutuel, la reconnaissance les attache à
des liens de fleurs qu'il dépend à l'une
des deux parties de briser? Les anecdotes
qu'on va lire feront sentir la justesse de
cette observation.

Deux marchands, rue Saint-Honoré ;
liés d'une étroite amitié, d'une fortune
égale, faisant le même commerce,
avaient chacun un enfant, un fils et une
fille, à-peu-près du même âge. Ces enfans élevés ensemble conçurent l'un pour
l'autre la plus tendre amitié, et cette
amitié devint avec l'âge un sentiment
plus vif, approuvé par les parens. On
était sur le point de les rendre heureux
par une union plus solide, lorsqu'un

riche financier, se prenant d'une belle passion pour la jeune personne, vint la demander en mariage. Les appâts d'une fortune brillante séduisirent le père et la mère, malgré toute la répugnance qu'ils trouvèrent dans leur fille à se prêter à ce nouvel arrangement. Elle fut obligée de céder aux ordres de ceux à qui elle devait le jour, et elle épousa le financier. Quoiqu'elle n'eût formé ces liens qu'avec la plus grande douleur, elle crut devoir interdire l'entrée de sa maison au jeune homme qu'elle aimait. Mais cet effort de vertu la plongea dans une maladie fâcheuse, dont les suites la firent tomber en léthargie ; on la réputa morte, et on l'enterra. L'amant, instruit du sort funeste de sa maîtresse, se ressouvint qu'elle avait eu autrefois une attaque pareille de léthargie, et se flatta qu'il pourrait bien en être de même en cette occasion. Cette idée suspendit non-seulement sa douleur, mais lui fit prendre encore le parti de corrompre le fossoyeur , à l'aide duquel il parvint à la déterrer pendant la nuit , et à la transporter chez lui. Il mit alors tout en usage pour la rappeler à la vie , et ses soins ne furent pas inutiles. Qu'on se représente la surprise de la ressuscitée , lorsqu'elle se vit dans une maison étrangère , et presque dans les bras de son amant , qui l'informa du service qu'il venait de lui rendre , inspiré par l'amour. Elle comprit alors tout ce qu'elle devait à son libérateur , et la tendresse , plus persuasive encore que tout ce qu'il pouvait lui dire, pour l'engager à unir son sort au sien, la détermina, lorsqu'elle fut parfaitement rétablie, à se retirer avec lui en Angleterre, où ils vécurent pendant plusieurs années dans une félicité inaltérable. L'amour de la patrie , sentiment plus vif et plus durable, dans les bons cœurs, que celui inspiré par les femmes , les ramena à Paris au bout de dix ans ; ils n'y prirent aucune précaution pour se cacher, persuadés qu'on ne soupçonnerait jamais le lien qui les unissait. Le hasard voulut que le financier rencontrât son épouse dans une promenade publique. Cette vue fit une impression si forte sur lui, que la certitude qu'il avait de sa mort ne put l'effacer. Il s'approcha d'elle avec empressement, et malgré le langage qu'elle lui tint pour lui donner le change, il la quitta convaincu qu'il ne s'était point trompé. Il fit si bien, qu'il parvint à découvrir son domicile, quelques précautions qu'elle eût prises depuis cette rencontre fatale, et il la réclama en justice réglée. Ce fut en vain que l'amant fit valoir au parlement les droits qu'il s'était acquis sur sa maîtresse; qu'il représenta qu'elle serait morte sans lui; que son adversaire avait perdu tous les titres, toutes les prérogatives d'un mari en la faisant enterrer; qu'on pouvait même l'accuser d'homicide, faute par lui d'avoir pris les précautions convenables pour s'assurer si elle était morte. Toutes ses raisons furent inutiles ; il vit que la loi était contre lui, et ne jugea pas à propos d'attendre un arrêt définitif ; il repassa avec son amante en Angleterre, où ils finirent paisiblement leurs jours.

Un jeune homme allait épouser une fille charmante qu'il adorait, et dont il était tendrement aimé. Cette belle fille fut tout-à-coup emportée par une maladie aiguë. Son amant désespéré ne prit que le temps de demander par écrit d'être enterré auprès de celle qu'il chérissait plus que la vie , et se perça le cœur de plusieurs coups de couteau. On vit partir ce double convoi de la rue Saint-Nicaise , suivi de plusieurs personnes touchées jusqu'aux larmes de cet excès d'amour.

La jalousie occasionna un assassinat horrible, rue Saint-Martin. Une jeune personne était promise en mariage ; son futur ne pensait qu'à accélérer le moment heureux qui devait les réunir. Mais quel changement affreux se fit tout-à-coup dans sa situation! Il apprend que cette jeune personne n'est qu'une perfide, qu'elle a une liaison secrète de cœur; il vole chez elle, et surprend l'amant favorisé, qui se hâte de fuir, afin d'éviter, dans une maison qu'il respecte, une scène dont il redoute les suites. Le jaloux furieux se jette sur celle qu'il croyait épouser, et lui perce le sein de dix-sept coups de couteau. L'amant accourt aux cris de l'infortunée, et venge sa mort dans le sang de l'assassin.

Une femme jeune, aimable et idolâtrée de son mari qu'elle n'aimait pas, avait en secret les dernières complaisances pour un jeune homme du bon ton dont les mœurs corrompues se faisaient un jeu du libertinage. Souvent il lui avait emprunté de l'argent sous divers prétextes, et toujours il l'avait rendu au temps fixé. Enfin il lui fait un emprunt

de

de mille écus, avec promesse de les lui
rendre au bout de huit jours. Cette
somme est puisée dans la caisse du mari,
dont cette femme perfide avait la clef,
et remise à l'amant sans autre garantie
que sa parole. Il prétexte ensuite un
voyage à Fontainebleau, pour certaines
affaires d'intérêt qui doivent le retenir
trois ou quatre jours, et prend congé de
sa belle, bien éloignée de concevoir le
moindre soupçon. Cependant un demi-
mois se passe sans voir revenir son
bien-aimé, sans même en recevoir de
nouvelles. Elle court à la maison qu'il
habitait, trouve son appartement fermé,
s'informe de ce qu'il est devenu ; les uns
ne le connaissent pas ; les autres ne
peuvent satisfaire sa curiosité. Une vieille
femme lui apprend enfin qu'il n'est point
en campagne comme elle le croit, qu'il
a déménagé, et vient d'épouser une
jeune personne qu'il aimait depuis long-
temps. La bonne vieille finit sa narra-
tion par lui indiquer le nouveau loge-

3.   4

ment de l'infidèle. La femme trompée y vole, transportée de fureur, trouve le perfide, lui reproche ses indignes procédés en présence de son épouse même, et réclame les mille écus qu'elle lui a prêtés. Le scélérat, qui les a employés à son nouvel établissement, nie effrontément le prêt, et la chasse avec ignominie. Livrée au plus affreux désespoir, cette femme revient chez elle, avale un verre d'eau-forte, et expire au milieu des plus cruelles douleurs, laissant un mari digne d'une compagne plus vertueuse, et deux enfans en bas âge.

La jalousie est de toutes les passions fortes qui tyrannisent et dégradent le cœur de l'homme, celle qui nous porte aux plus cruels excès; elle nous aveugle au point de nous ôter toute espèce de raison, et nous fait voir des coupables dans les personnes les plus innocentes.

Dans un des faubourgs de Paris, un

particulier sexagénaire , et marchand
de vin., prit une femme jeune et charmante; ils eurent de leur union un enfant , et ils étaient assez d'accord. Mais
cette tranquillité fut cruellement troublée. Quelques jeunes officiers , attirés
chez ce cabaretier par l'excellence de
son vin , ne manquèrent pas de remarquer la jolie marchande , et de lui faire
galamment la cour. Le démon de la
jalousie s'empare aussitôt de l'esprit du
vieux mari, tout lui fait ombrage, le
sommeil ne ferme plus ses paupières ;
il rêve la nuit à l'affront qu'il s'imagine
qu'on lui fait pendant le jour. Son épouse
s'appercevant de ses craintes chimériques , cherchait en vain à les calmer
par un redoublement de bonne conduite,
et en ne s'éloignant jamais de sa maison,
où elle se livrait continuellement aux
soins du ménage ; mais rien n'était capable de le convaincre qu'elle ne fût pas
criminelle. Bref, après plusieurs mois
passés dans des disputes et des tourmens

continuels, ne pouvant plus résister aux
noires idées qui le troublent, il résolut
de se venger du déshonneur dont il se
persuade que son front est couvert. Il
prémédite l'attentat le plus atroce, et
qui ne peut entrer que dans la tête d'un
jaloux forcené. Il se munit d'un couteau,
et au milieu de la nuit, lorsque sa malheureuse et innocente épouse se livre
au sommeil, il saisit l'arme meurtrière,
contemple un instant sa compagne en-
dormie, et semble chercher l'endroit où
il veut frapper ; enfin, jaloux du repos
même dont il la voit jouir, la fureur le
transporte, il perce de plusieurs coups
son beau sein, que n'aguère il idolâtrait ;
la victime se réveille, se débat sous le
fer assassin ; elle s'écrie, le furieux court
vers la porte pour en fermer les verroux,
afin de consommer son crime. Alors ras-
semblant toutes ses forces, l'infortunée
vole vers la croisée, l'ouvre et s'élance
dans la rue. La chambre n'était élevée
que d'un étage ; en se précipitant, elle

fut retenue par sa chemise à un auvent qui l'empêcha de tomber sur le pavé, où elle eût achevé de se tuer. Elle resta suspendue, offrant aux regards tous ses charmes ensanglantés; le plus beau corps, d'une blancheur d'albâtre, de longs cheveux blonds épars sur un sein de neige, d'où le sang jaillissait à gros bouillons : tout cela formait un contraste de beauté et d'horreur. Quelques voisins, accourus aux cris de cette infortunée, parvinrent à la délivrer; ses blessures furent sondées par un chirurgien qui ne les trouva pas mortelles. Pendant ce temps-là le furieux était dans sa chambre, se livrant à tous les excès de sa rage en voyant sa proie lui échapper; le désespoir et la crainte du supplice s'emparant de son âme, il fut se précipiter dans un puits, où on ne le trouva qu'au bout de quelques jours, après avoir fait d'infructueuses recherches.

Le fils d'un boucher de Dijon, retiré

à Paris, dans le faubourg Saint-Antoine, demeurait avec deux sœurs, et s'adonnait à la peinture. Il aurait vécu heureux s'il n'eût donné entrée dans son cœur à un attachement criminel pour une de ses sœurs, d'une beauté parfaite, mais qu'il aurait dû n'aimer qu'en frère. La jeune personne ne faisait nulle attention à des sentimens si contraires aux lois; elle était beaucoup plus sensible aux tendres soins d'un homme qu'elle devait épouser. Le frère, voyant approcher, malgré lui, le jour du mariage, et désespéré que celle qu'il regardait comme son amante, passât dans les bras d'un autre, perdit la tête par un excès de jalousie, et son coupable amour se changea en rage. Il saisit l'instant que sa sœur était seule, et après lui avoir reproché son indifférence, la précipitation de son hymen prochain, il la frappa de trois coups de couteau, et se fit à lui-même plusieurs blessures. Les cris de sa malheureuse victime firent accourir du monde ; il monta jusqu'au

sixième étage, poursuivi par un grand
nombre de personnes, parvint jusque sur
le toit, et voulant se précipiter dans la
rue, il eut encore le sang-froid de crier
aux passans de se ranger, avant de s'é-
lancer sur le pavé.

Des femmes et même des hommes qui
perdent la raison dans un délire amoureux, au désespoir d'être abandonnés ou
trahis par l'objet de leur tendresse, ne
sont point malheureusement des êtres
chimériques. On lira donc avec intérêt
l'anecdote que nous allons rapporter sur
cet intéressant sujet.

M. de Volsers devint passionnément
amoureux d'une jeune et belle personne
nommée Blanche, et qu'il entendit avec
transport chanter une romance dans un
concert. Il était sur le point de l'obtenir
en mariage, lorsqu'une amie de Blanche,
d'une étourderie extrême, voulut l'é-
prouver, en lui envoyant un faux billet

d'enterrement qui lui annonçait la mort de sa maîtresse. Volsers perdit aussitôt la raison , et l'on employa vainement divers moyens pour la lui rendre. La jeune personne, à qui il était cher, en ressentit la plus vive douleur. Enfin , on imagina de faire chanter à cette belle la même romance dont son amant avait été si frappé lorsqu'il l'avait vue pour la première fois , et de lui faire prendre les mêmes habits, la même coiffure qu'elle avait ce jour-là. Cet expédient eut un succès complet, et chaque vers de la romance semblait remettre une fibre du cerveau malade en la place qu'elle occupait avant le dérangement.

Une jeune personne que l'obligation de se séparer de son amant fait expirer de douleur , touchera encore plus les âmes sensibles, que l'exemple de celles qu'un excès d'amour a rendu folles. Il y avait, dans la rue des Anglais, quartier de la place Maubert , un hôtel garni, tenu par une femme dont la fille était d'une beauté accomplie, et joignait aux charmes de la figure les qualités les plus intéressantes. Cette jeune personne, qui n'avait ni coquetterie, ni amour-propre, ni faiblesses à se reprocher, ne put défendre son cœur contre l'aimable physionomie et surtout contre le mérite d'un étudiant en médecine. Mais elle cacha sa passion avec un tel soin, qu'on ne s'en apperçut jamais, pas même celui qui en était l'heureux objet. Cet attachement aussi estimable que rare dura plusieurs années, au bout desquelles le jeune homme retourna dans sa patrie. Au moment de son départ il se présenta pour prendre congé de ses hôtesses; la mère remarquant que sa fille était très-sérieuse, et se tenait à l'écart toute pensive, lui dit : « Pourquoi donc, mademoiselle, ne souhaitez-vous pas un bon voyage à Monsieur, dont nous avons eu tant à nous louer ? » Alors la jeune personne, qui s'efforçait de cacher

4 *

combien son cœur était déchiré, s'approcha de celui qu'elle aimait en secret, et en l'embrassant, lui dit d'une voix émue : *Adieu, Monsieur*. Ces mots lui firent une impression si douloureuse, et redoublèrent tellement le saisissement qu'elle éprouvait, qu'elle perdit tout-à-coup l'usage de la parole, et mourut trois jours après, en prononçant à demi-bas : *Adieu, Monsieur*.

CHAPITRE XXXIII.

Aliénation d'esprit.

A la suite de la funeste passion de l'amour, source des plus tristes égaremens, il est naturel de lire quelques anecdotes relatives à la folie, ou aliénation d'esprit.

C'est à Bicêtre qu'on trouve ce qu'on appelle *les Petites-Maisons.* On voyait autrefois dans ce triste lieu un fou surnommé *le Père éternel.* Il avait tout fait dans le monde. Il avait, disait-il, attaché le soleil au firmament, et planté tous les arbres de la forêt de Fontainebleau.

Un autre voulait absolument être femme ; il devenait furieux quand on l'appelait monsieur ; il portait toujours

des jupes, une cornette; ce qui contras-
tait d'une manière très-bisarre avec sa
longue barbe grise (1).

Mais chacun à sa folie, et les plus
fous ne sont pas toujours renfermés aux
Petites-Maisons.

Il est des personnes dans le monde qui
s'affectent vivement d'une singulière
façon de penser. On a vu le fils d'un
financier, possesseur d'une fortune immense, mourir de chagrin parce qu'il
n'était point homme de qualité.

Un jeune homme mourut aussi de
chagrin, parce qu'il trouva que la barbe
ne lui venait pas assez tôt.

A-peu-près dans le même temps, une
jeune demoiselle se laissa mourir de
douleur, parce qu'elle s'apperçut que

(1) Pour d'autres traits d'insensés, Voy. le
Chapitre LV.

la gorge de sa sœur cadette se formait
plutôt que la sienne.

A la suite d'un violent chagrin, madame de L*** s'imagina être métamor-
phosée en perroquet, et ne fit plus que
crier du matin au soir : *Baisez, baisez
maîtresse*, etc. Elle voulait à tout moment donner la patte ; et lorsqu'on s'approchait pour la toucher, elle avait toujours peur qu'on ne lui gâtât ses plumes.

Une mère qui avait alaité son enfant
pendant quinze ou dix - huit mois, prit
le parti de le sevrer. Quelques jours
après, son mari sollicita une place avan-
tageuse, qu'il espérait obtenir; mais au
moment qu'il se flattait de l'emporter sur
ses concurrens, un d'entr'eux eut la préférence. Il revint chez lui au désespoir,
et apprit brusquement cette fâcheuse
nouvelle à sa femme, dont l'émotion fut
si vive, que soudain elle en devint folle.
Après que sa démence eut éclaté pen-

dant plusieurs heures, le mari, fort em‑
barrassé sur les moyens d'y apporter
reméde, envoya chercher l'enfant qui
était en sevrage, espérant que sa pré‑
sence dissiperait le trouble et l'égarement
de celle qui pouvait seule le consoler des
coups de la fortune. L'enfant arrivé, la
mère oublia qu'il était sevré depuis plu‑
sieurs jours, et le porta à son sein ; mais
on s'apperçut que le lait en était tari.
On craignit que ce déplacement ne fût
la cause de sa folie ; et la suite confirma
qu'on ne s'était point trompé. L'enfant
fit reprendre au lait son cours ordinaire,
et la raison de la mère fut pour toujours
rétablie.

Madame de la***, douée de beaucoup
d'esprit et de l'imagination la plus vive,
eut une maladie terrible, dont l'excés et
la durée la réduisirent bientôt au dernier
degré de l'épuisement. Elle pensait à la
mort sans effroi, et se croyant assez de
courage pour la voir arriver sans émo‑

tion, elle avait exigé de son médecin qu'il lui annonçât, sans aucun ménagement, l'approche de sa dernière heure. Se trouvant un matin dans une faiblesse extrême : « Combien de temps, lui dit-elle, ai-je encore à vivre? — Jusqu'à midi. » Elle garde le silence et reste calme. Midi sonne : l'arrêt de mort était profondément gravé dans son cerveau affaibli ; elle s'assoupit et croit mourir. A son réveil elle cesse d'être elle-même ; elle n'est plus que l'amie de son mari ; les tendres caresses qu'il lui prodigue l'offensent. « Comment pouvez-vous, lui disait-elle, oublier si promptement une femme qui a dû vous être si chère?» On lui présente ses enfans, qui tous étaient fort jeunes ; elle ne les connaît plus, elle les reçoit comme les enfans de son amie et promet de leur tenir lieu de mère; elle observe qu'elle consentira peut-être à épouser leur père, pour assurer davantage leur bonheur. Elle ordonne le deuil de la maison ; et comme on s'était

appérçu que les premières contradictions
qu'elle avait éprouvées ne faisaient
qu'augmenter le désordre du cerveau,
toute la famille prend le deuil : mari, enfans, domestiques, ne paraissent devant
elle que vêtus de noir. Cependant ses
forces revenaient peu-à-peu, et sa santé
se fortifiait : sur tous les autres objets
son esprit était fort sain. Madame de
G***, son amie intime, femme également
de beaucoup d'esprit, alarmée de la durée de cette aliénation, imagina un expédient pour y mettre un terme. Elle
écarta de la maison les enfans pendant
quelques jours ; après quoi elle les y ramena ; un matin elle attendit le réveil de
son amie qui, en ouvrant les yeux,
reçut dans ses bras ses enfans ; les mots de
maman, ma chère maman, répétés
par ces intéressantes créatures, accom-
pagnés de mille baisers et des plus vives
caresses, donnèrent à l'imagination
troublée de cette mère tendre une se-
cousse inattendue qui y fit renaître le

calme et la raison ; elle se trouva la mère de ses enfans et la femme de son mari : les impressions de la nature l'emportèrent sur celles d'une imagination en désordre.

Mademoiselle de*** , élevée avec le plus grand soin , étant sortie du couvent à l'âge de dix-huit ans , belle comme on peint l'amour , et douée de toutes les vertus , tomba dans une mélancolie profonde , malgré les soins que se donnaient pour lui plaire des jeunes gens fort aimables et dignes de prétendre à sa main. Madame de*** , la plus tendre des mères , soupçonna qu'une passion secrète troublait le repos de sa fille. Elle la conjura de lui ouvrir son cœur , et promit de faire tout ce qui dépendrait d'elle pour la rendre heureuse , quand même elle soupirerait pour un homme peu favorisé des biens de la fortune. « Je vous jure , madame , répondit la jeune personne , qu'aucun homme ne méritera jamais mon attachement; ils sont trop loin d'avoir les qualités que je desire...... et cependant j'aime..... j'aime avec ardeur..... mais sans pouvoir espérer de retour. — Quel est donc l'objet qui vous inspire de si tendres sentimens, et qui ne peut y être sensible ? — Puisque vous m'y forcez, ô la meilleure des mères ! je vais vous le faire connaître. » Alors elle se leva, et courut chercher un livre qu'elle jeta sur une table. Madame de*** l'ouvrit très-étonnée, et vit que c'était *Télémaque:* sa fille était la rivale d'Eucharis. « Je sais bien, reprit la jeune personne, que l'objet de ma passion est un être chimérique; mais je chéris ce fantôme brillant de la plus belle imagination, et ne pouvant le réaliser, je ne veux point avoir d'autre époux que lui, il est seul digne de régner dans mon cœur, d'occuper toutes mes pensées. » Les soins qu'on se donna pour dissiper une passion si extraordinaire, ou pour la faire changer d'objet, furent tous inutiles. Mademoiselle de*** s'éteignit peu-à-peu, et mourut de langueur au bout de quelques années, et ayant toujours à la bouche, le nom de son cher Télémaque (1).

Une jeune demoiselle, après avoir lu, avec trop d'attachement, l'Histoire Romaine, donna l'exemple de la plus singulière des folies. Elle se mit dans la tête qu'elle était une des Vestales de l'ancienne Rome, et rien ne fut capable de lui ôter cette bizarre idée. Non contente d'adopter le systême de Pythagore sur la métempsychôse, elle voulait que l'on redevînt ce que l'on avait été il y a deux mille ans. Sa famille ne négligea rien pour la rendre plus raisonnable ; les secours de la médecine et les plus sages représentations ne produisirent aucun effet. Le mariage paraissait un remède infaillible ; mais lorsqu'on lui parlait de

(1) J. J. Rousseau dans Emile, raconte un trait de folie à-peu-près semblable.

faire un choix, elle répondait qu'elle ne pouvait y songer qu'à l'âge de quarante ans ; et lorsque ses parens voulaient user de leur autorité, elle tombait dans des convulsions effroyables. On crut qu'elle se lasserait enfin de jouer un rôle si difficile ; et on la laissa s'habiller de blanc de la tête aux pieds, et ne sortir qu'avec un voile. Cependant, comme plusieurs années s'écoulèrent sans qu'il lui plût de cesser d'être Vestale, on prit le parti de la mettre dans un couvent, où elle montra toujours la même manie que dans le monde.

Un chirurgien célèbre fut appelé pour saigner un malade, dont on lui cacha le nom et l'état, mais qu'on lui assura être fort riche. Cette dernière considération le fit courir avec empressement où on lui disait que son ministère pouvait être utile. Arrivé à la maison qu'on lui avait indiquée, il trouva que le portier était vêtu de blanc depuis les pieds jusqu'à la tête ; tous les appartemens qu'il traversa étaient tendus de blanc, les meubles analogues à la tapisserie, les domestiques étaient habillés de même couleur, le lit du malade de damas blanc. «Pouvez-vous me saigner sans me faire de mal, demanda celui-ci ? » Le chirur_gien répondit affirmativement. «Eh bien, reprit le malade d'un ton fort sec, tirez-moi donc du pied quatre livres de sang. » Le chirurgien se récria sur cette quantité, et demanda le nom du médecin qui avait ordonné une telle saignée. « Ce ne sont pas vos affaires, lui répondit-on d'un air menaçant, obéissez, et tirez-moi quatre livres de sang. » Le disciple de Saint-Côme parut se disposer à obéir ; mais, ainsi qu'il l'avait prévu, il n'en eut pas tiré quatre onces, que le patient tomba en faiblesse. Lorsqu'il eut repris ses esprits, il demanda si on lui avait tiré la quantité de sang prescrite ; l'habile chirurgien l'assura que oui ; on lui donna dix écus ; et on le congédia. Mais au moment qu'il croyait s'éloigner de cette singulière maison , on le conduisit au travers de deux autres chambres tendues de jaune , et où il ne trouva que des domestiques à livrée jaune. Un nouveau malade dans un lit jonquille lui fit la même proposition que le malade de l'appartement blanc ; il y fit une réponse semblable , et il saigna ce second malade comme le premier, cependant avec un peu plus de trouble , attendu qu'il apperçut par hasard une paire de pistolets fort près du lit, et qu'il n'est pas d'usage que les malades ornent leur table de nuit d'armes offensives. La frayeur qui le saisit ne l'empêcha pourtant pas de se bien acquitter de la seconde opération qui lui avait été ordonnée, et il lui fut permis de se retirer. Arrivé devant la loge du portier , il fut accueilli par ces paroles : « Vous êtes bien heureux, monsieur le chirurgien, de n'avoir pas été contraint d'aller jusqu'à la chambre verte; on vous y eût étrillé d'importance.

Je vois que vous avez fait votre devoir, et qu'on n'a point à vous reprocher de verser trop abondamment le sang humain. Tenez, ajoutez ces dix écus à la première récompense que vous avez déjà reçue. »

CHAPITRE XXXIV.

Enfans.

S'IL est indispensable de veiller avec le plus grand soin à l'éducation des enfans, on peut dire que c'est principalement à Paris que ce devoir est d'une obligation sacrée : tant d'objets y détournent la jeunesse des sages instructions qu'elle reçoit, et peuvent même contribuer à la pervertir ! Nous allons rapporter plusieurs anecdotes sur les enfans, en commençant par les exemples qui prouvent avec quelle facilité ils s'écartent, dans Paris, des principes de morale qu'on cesse trop tôt de leur répéter, ou qu'on ne leur inculque que d'une manière imparfaite : nous finirons, pour la consolation des parens, par les traits de vertu qui honorent à jamais les jeunes gens qui en furent les héros.

Une

Une personne de qualité et très-vaine , parlant de son père devant un enfant de sept ans , disait : « Mon père le marquis de P***. — Eh ! lui demanda l'enfant , comment appelez-vous l'autre ? »

Ce fait peut n'annoncer qu'un esprit naturel , ainsi que les deux suivans. Un jeune prince ayant froid à la chasse, dit à son gouverneur qui l'accompagnait : « Donnez-moi mon manteau. — Mon prince , les hommes de votre naissance ne doivent point s'exprimer à la première personne comme ceux d'un rang infé-rieur. Lorsqu'ils parlent d'eux-mêmes , ils se servent toujours du pluriel. » Quel-ques jours après , dans un violent accès de mal de dents , il se plaignait avec vi-vacité ; mais se souvenant de la leçon qu'il avait reçue précédemment , il s'é-cria : « Ah ! notre dent , notre dent ! — La mienne , dit le gouverneur , ne me fait certainement point souffrir. — Je vois bien, reprit le prince d'assez mau-

5

vaise humeur, que le manteau est à nous, et le mal pour moi.»

Un enfant s'était obstiné toute la matinée à ne pas vouloir dire A , la première lettre de son alphabet; et on l'avait fouetté pour son obstination. Une voisine le trouve tout en larmes, et on lui en dit la cause ; elle appelle l'enfant, le prend sur ses genoux, le caresse , et lui dit : « Mon petit ami, pourquoi n'avez-vous pas voulu dire A ? Cela n'est pas bien difficile. » L'enfant pleure et ne répond rien. Elle insiste , même silence. Elle le presse tant, qu'il lui répond d'un air chagrin : C'est que je n'aurais pas plutôt dit A , qu'on me ferait dire B. »

Cherchant à s'amuser des discours ingénieux de sa fille, âgée de sept ans, une bonne mère lui dit qu'elle allait l'envoyer chez une amie , et prendre à sa place *le petit mali.* — Et qu'en feriez-vous, demanda-t-elle tout interdite ? — Je le prendrai pour moi. Ici l'enfant fit la mine, et la maman continua: « Henriétte, ne veux-tu pas bién me le céder, ton petit mali ? — Non, répondit-elle assez séchement. — Mais si je prétens le garder, qui nous accordera ? — La maman de mon petit mali. — J'aurai donc la préférence, car tu sais qu'elle me donne tout ce que je lui demande. — Oh! la petite maman ne veut jamais que la raison. — Comment, mademoiselle, condamnerait-elle mes prétentións? » La rusée se mit à sourire. « Mais encore, continua la mère, par quelle raison me refuserait-elle le petit mali ? — Parce qu'il ne vous convient pas. — Et pourquoi ne me conviendrait-il pas ? » Autre sourire aussi malin que le premier. « Parle franchement, est-ce que tu me trouves trop vieille pour lui? — Non, maman ; mais il est trop jeune pour vous. »

Une petite fille d'un caractère trésméchant, renfermée dans un cabinet obscur, à l'heure de la récréation, était si insensible à cette pénitence, qu'elle ne cessait de répéter : « Mon Dieu que je m'amuse ici ! que j'y vois de belles choses ! » Une de ses maîtresses, qui l'écoutait à la porte de ce cabinet, lui dit : « Vous ne pouvez voir que le Diable, et je parie que vous le voyez. — Non, répondit la petite-fille, je ne le vois pas, mais je l'entends. »

La même jeta un jour, aux yeux de sa gouvernante, tout le tabac que la bonne vieille avait dans sa boîte. « Mademoiselle, s'écria celle-ci, qui souffrait horriblement, vous m'avez rendue aveugle. « Tant mieux, répondit l'enfant, tu ne verras plus ce que je fais. »

Croyant que la meilleure éducation était la sévérité, une dame élevait sa fille, âgée de cinq ou six ans, avec une rigueur extrême; elle lui interdisait toute espèce d'amusement, et la retenait sans cesse à ses côtés. La petite personne, vive et emportée, se dépitait souvent Un jour que sa mère voulait la corriger, l'enfant lui donna par mégarde un coup dans le sein, qui occasionna un cancer incurable. Les derniers jours de la vie de cette femme infortunée, sa fille était auprès d'elle, et comme la gouvernante venait de s'éloigner un instant, la petite s'approcha du lit de repos où sa mère était couchée, pour demander la permission de sortir. Madame de L*** la refusa avec humeur, et voulut arracher de ses mains une poupée qu'elle tenait. L'enfant, transportée de colère, donna un coup de toute sa force dans le sein de sa mère, en lui disant : «Meurs donc, pour que je puisse m'aller promener.» Il est probable que le décès de Madame de *** fut accéléré par cette action violente de sa fille, trop jeune pour sentir la conséquence de ce qu'elle faisait; et il faut aussi remarquer que les enfans n'ont point d'idée de la mort.

Un jeune homme venait de perdre son père. Il se présenta en grand deuil dans un cercle brillant. « Que je suis fâchée, lui dit une dame.... — Je suis bien - aise, interrompit notre orphelin, en prévenant le triste compliment, je suis bien aise de vous trouver si à-propos; on m'a dit, Madame, que vous avez un bel ameublement dont vous voulez vous défaire; je m'en accommoderai. — Je ne puis vous exprimer, dit un cousin, combien je suis sensible à votre affliction, et j'irai au premier jour chez vous, pour vous témoigner.... — Je déloge demain, répliqua brusquement le jeune homme en pleureuse; je prends une maison magnifique; vous la connaissez; c'est celle que ce banquier faisait bâtir, quand il fit banqueroute, ou qu'il eut l'air de ne pouvoir satisfaire à ses engagemens. » Un troisième consolateur crut devoir hasarder quelques mots de condoléances. « Mon père, reprit l'héritier, ne m'a laissé aucune dette : si vous saviez l'ordre admirable qu'il a mis dans ses affaires, et les grands biens que j'ai trouvés! — Corbleu, Monsieur, s'écria alors un misanthrope chagrin, votre père mourut hier : pleurez du moins aujourd'hui ; vous vous réjouirez demain de la succession. »

Quatre jeunes demoiselles, élevées dans le même couvent, s'étaient liées d'une si tendre amitié, qu'elles résolurent de ne jamais se séparer. Mais l'une des jeunes personnes fit une réflexion affligeante qui troubla toute la douceur de leur union : elles ne devaient pas rester toujours au couvent, et lorsqu'elles recouvreraient la liberté, ce serait pour passer sous le joug du mariage, et se voir séparées les unes des autres. Comment empêcher un tel malheur? Après avoir long-temps cherché un expédient, elles crurent en avoir trouvé un infaillible : c'était d'épouser toutes les quatre le même mari. Mais la pluralité des femmes

est défendue en France. Il fallut chercher une région où cette loi incommode
ne fût point établie. Enfin, la plus avisée des quatre rappela aux autres l'heureux climat de l'Asie et des Indes, et
proposa le Grand-Turc pour leur mari
commun. Cette idée ne manqua pas d'ê-
tre applaudie ; et les petites personnes se
hâtèrent d'écrire une lettre collective
au sultan de Constantinople, dans laquelle elles exposèrent l'amitié qui les
unissait, la crainte qu'elles avaient d'être
séparées, et le choix qu'elles avaient fait
de sa hautesse ; elles ajoutaient qu'aussitôt qu'elles auraient fait leur première
communion, elles se mettraient en route
pour ses Etats. Voici cette lettre origi-
nale :

MONSEIGNEUR SIRE,

« Nous sommes quatre jeunes personnes, des meilleures maisons de France,
comme vous le verrez par nos signa-
tures, en consultant l'ambassadeur du

roi auprès de vous. Nous nous aimons si fort toutes quatre, que nous ne voulons pas nous séparer. Nous avons appris, par une dame pensionnaire de notre couvent , que votre hautesse épousait plusieurs femmes; c'est pourquoi nous vous proposons de nous épouser toutes quatre , et de nous traiter également en tout ; même appartement , même table , même pouvoir ; et de notre côté , nous vous aimerons et respecterons comme notre époux , et comme un grand empereur. Votre hautesse pourra remettre sa réponse à M. l'ambassadeur bien cachetée , afin que la lettre nous parvienne , sous l'enveloppe de Madame la baronne de R***, qui nous a instruites. Nous sommes, en attendant avec impatience l'honneur de votre prompte réponse ,

DE VOTRE HAUTESSE ,
Les très-obéissantes et très-soumises et futures épouses , »

ADÉLAÏDE, EUPHROSINE, HÉBÉ, JOSÉPHINE. 5 *

« L'adresse : *A Madame , Madame
la baronne de R*** , pensionnaire au
couvent de *** , rue de *** , à Paris.* »

Cette singulière lettre fut cachetée et
mise à la poste avec cette adresse : *A
Monsieur le Grand-Turc , dans son
sérail à Constantinople.* Cette adresse
ayant paru extraordinaire à l'hôtel des
Postes, on remit la lettre au ministre ,
qui s'en amusa beaucoup, et la commu-
niqua au roi (Louis XVI).

Imprudent enthousiaste des livres dangereux, où l'on approuve le suicide et
d'autres paradoxes prétendus philosophi-
ques , un père de famille commettait
l'imprudence de développer devant ses
enfans les principes funestes qu'il y avait
puisés. La plus jeune de ses filles ne fut
que trop attentive aux propos qui lui
échappaient , et la faiblesse de son âge
l'empêcha d'en sentir l'absurdité. Frappée
un jour de quelques sophismes sur le suicide, elle se retire dans sa chambre,

troublée, hors d'elle-même, et dit à une fille qui la servait : « A peine suis-je née, que je déteste la vie, et je vois qu'il n'est rien de si courageux, rien de si sage que de trancher le fil de ses jours, quand ils font notre tourment. Ah! ma chère amie, que n'as-tu entendu tout ce que vient de dire mon père. Il a fait une telle impression sur mon esprit, que si je trouvais en ce moment un pistolet, je le saisirais avec joie, pour terminer ma carrière. » La confidente demeura immobile. « Tu sembles avoir peur, mon amie (continua l'enfant, qui se croyait philosophe) ? Ah! si tu savais ce que je sais, tu te tuerais peut-être avec moi. — Oh! que non, mademoiselle, je n'ai pas assez d'esprit. » La femme-de-chambre n'eut rien de plus pressé que d'apprendre aux parens toutes les circonstances d'un pareil entretien. La mère fut effrayée, et le père, quoiqu'épouvanté de son imprudence, voulut voir si la jeune personne était en effet vivement affectée. En conséquence des ordres qu'il donna, on laissa un pistolet chargé seulement à poudre, sur une table, dans un passage de la maison où sa fille allait souvent. Elle l'apperçut bientôt, s'en saisit, l'appuie contre son front, tire et tombe dans les bras de la femme-de-chambre, qui avait ordre de suivre tous ses pas. Elle était si frappée de son action, qu'en tombant, elle s'écria : « Je suis morte, heureusement je suis morte. » Les suites d'un événement si étrange furent terribles ; l'image de la mort était imprimée dans l'âme de la jeune personne ; le lendemain, elle expira dans les bras de son père, au désespoir de perdre, par sa faute, une fille qu'il chérissait.

Deux jeunes demoiselles, de bonne famille, et pensionnaires dans une abbaye de Paris, après avoir été amies intimes, se brouillèrent en apprenant le blason ; chacune d'elles soutenant que sa maison était plus ancienne que celle de sa compagne. La querelle devint si vive,, qu'elles résolurent de se battre en duel. Pour effectuer leur dessein, elles se rendirent dans un endroit écarté du jardin du couvent, et s'attaquant avec fureur à coups de couteau, elles se firent des blessures considérables. C'est ainsi qu'elles furent les victimes de la funeste éducation qu'on donnait aux enfans de qualité, en ne cessant de leur parler de leur illustre naissance. On trouva ces deux victimes de l'orgueil étendues sur le champ de bataille, et noyées dans leur sang.

Un jeune libertin, à qui sa mère reprochait, en termes fort modérés, les torts de sa conduite, et dans l'âme duquel elle cherchait à exciter les remords, lui répondit : « J'avais bien ouï dire qu'il y avait un père éternel, mais j'ignorais absolument qu'il y eût aussi des mères éternelles. » La mère s'évanouit, et peu après mourut de chagrin.

La marquise de *** , après s'être habillée un jour pour aller dîner en ville, changea d'avis, et dit à sa femme-de-chambre qu'elle ne sortirait que sur le soir. Les diamans furent remis dans l'écrin, qu'on plaça sur la toilette ; un court intervalle de deux ou trois heures ne paraissait point exiger qu'on le renfermât comme à l'ordinaire. Lorsque la marquise voulut sortir, l'écrin ne se trouva plus ; les recherches furent inutiles ; on se persuada qu'il avait été volé, et l'on ne put soupçonner que la femme - de-chambre. Elle a beau dire, pour sa justification ; un commissaire de police est appelé, on cherche de toutes parts, les gens sont interrogés ; la femme-de-chambre persiste à protester de son innocence ; et la marquise, irritée, exige qu'elle soit conduite en prison. « Je suis, dit - elle au magistrat, assurée de la fidélité de tous mes gens ; cette fille seule m'est peu connue, et je lui ai trop légèrement donné ma confiance. » Le commissaire, avant

de décider quel pouvait être le coupable, crut devoir faire visiter, sous ses
yeux, tous les endroits de la maison où
l'écrin aurait pu être caché; on le découvrit enfin dans un coin de la chambre de la domestique soupçonnée, au
milieu d'un tas de linge et de chiffons :
n'était-il pas plus que probable alors qu'il
n'y avait point d'autre voleur que
cette fille? Aussi fut-elle traînée en prison avec la dernière ignominie, sans que
personne la plaignît. L'instruction du
procès allait être achevée; comme les
présomptions et les preuves étaient contre la femme-de-chambre, elle avait
à craindre une mort infamante, lorsque
celle qui lui avait succédé, accourut un
matin auprès de la marquise, en s'é-
criant toute transportée de joie : « Tout
est découvert, la pauvre Adélaïde est
innocente! Mademoiselle votre fille n'a-
vait prétendu faire qu'une espièglerie. —
Que voulez-vous dire, demanda la marquise? Ma fille est âgée de neuf ans,

et trop raisonnable pour faire des choses pareilles. — Rien de plus vrai , pourtant. Mademoiselle m'a demandé un bouillon; je le lui ai apporté bien vîte, parce que je l'aime , et cherche à lui plaire. Ma bonne, m'a-t-elle dit , vous remplacez une méchante créature, que je déteste , et dont je me suis vengée. Alors elle m'a conté qu'elle avait pris les diamans et les avait caché dans la chambre de cette infortunée afin qu'on la crût une voleuse , et que vous la missiez à la porte. » La petite personne, dont le caractère était si méchant, fut obligée de confirmer ce rapport , et demanda pardon d'une espiéglerie aussi criminelle. La marquise se hâta d'informer les juges de ce qu'elle venait d'apprendre, et assura une forte pension à la femme de-chambre , dont elle avait si mal-à-propos soupçonné la probité.

Un père, âgé de quatre-vingts ans, plaidait contre ses enfans, pour obtenir une

pension alimentaire, après s'être dépouillé en leur faveur de tout son bien.
L'audience commence, et son défenseur
est absent. Ne consultant qu'un premier
mouvement, et ne prenant conseil que
de la nature, le malheureux père prend
la parole et plaide sa cause lui - même ;
mais sa faiblesse trahit son courage, et
le profond ressentiment d'une telle in-
gratitude s'unissant au besoin de chercher des expressions pour la peindre, il
mourut dans un accès de catalepsie.
« Oh! quels doivent être les remords de
sa famille , s'écrie un journaliste, et
quelle longue impression doit faire sur
leurs sens le spectacle d'un vieillard
en cheveux blancs, demandant à ses enfans du pain, et mourant de douleur,
étendant vainement ses bras vers eux!
Quel exemple pour les enfans ingrats!
quelle leçon pour les pères trop con-
fians!»

Le fils d'un riche négociant s'était livré dans sa jeunesse à tous les excès d'une vie dissipée. Il irrita son père, dont il négligea les sages avis. Le vieillard, près du terme de sa carrière, fait un acte par lequel il déshérite son fils coupable, en donnant tout son bien à l'aîné, et meurt au bout de quelques jours. Dorval, instruit de la mort de son père, fait de sérieuses réflexions, rentre en lui-même et pleure ses égaremens passés. Il se représente que son père ne lui a point pardonné sa conduite trop coupable, et l'a peut-être maudit à son heure dernière. Il apprend bientôt qu'il est déshérité. Cette nouvelle n'arrache de sa bouche aucun murmure injurieux à la mémoire de l'auteur de ses jours ; il la respecte jusque dans l'acte qui occasionne sa ruine. Il dit seulement ces mots : *Je l'ai mérité.* Cette modération parvient aux oreilles de Jenneval, son frère, qui, charmé de voir le changement des mœurs de Dorval, se rend auprès de lui, l'embrasse et lui adresse ces paroles qui peignent la bonté du cœur de ce jeune homme : « Mon frère , par un testament que voici, notre père m'a institué son légataire universel ; mais il n'a sans doute voulu exclure que l'homme que vous étiez alors et non celui que vous êtes aujourd'hui ; je vous rends la part qui vous est due. » En achevant ces mots, il déchira le testament.

L'exemple d'un pareil désintéressement est bien rare ; cependant il n'est pas unique, observe l'auteur qui nous fournit cette anecdote (1). Il rappelle un autre trait aussi généreux, ajoute-t-il. Par un caprice qui n'est que trop ordinaire à un chef de famille, un vieillard, père de trois filles, en chérissait une plus que les autres, et en mourant, institua la plus jeune sa légataire universelle. Celle-ci, dès qu'elle sait cette injuste

(1) Correspondance secrète, politique et littéraire.

préférence, s'empare du testament, le cache et partage la succession avec ses sœurs, comme si elle eût ignoré ce qui s'était passé. On ne découvrit cette belle action qu'après la mort de celle qui l'avait faite. Cette conduite est plus généreuse encore que celle du frère de Dorval; la bienfaitrice sauva à ses sœurs la honte d'être déshéritées, et les dispensa de toute reconnaissance (1).

Une demoiselle de quatorze ans, douée de beaucoup d'esprit, et d'une gaîté charmante, parut tout à-coup morne et triste; depuis trois jours elle gardait le silence, quand sa tante, auprès de qui elle vivait, voulut en savoir la cause, et la pressa de la lui dire : « C'est (répondit la jeune personne, avec cette naïveté qui convient si bien à son âge), c'est, ma chère tante, que je crois que la raison me vient. »

(1) Correspondance secrète.

Un abbé, réduit à être précepteur,
enseignait, à un enfant de treize ans,
le grec, le latin, la musique, les belles-
lettres, et avait pour cela huit cents liv.
d'honoraires. La mère du petit bonhomme
voulait absolument que l'abbé enseignât
à son élève les mathématiques; il ne les
savait pas; et se décida à payer de sa
bourse un maître de mathématiques auquel il donnait cent écus. Le jeune élève
apprit ce sacrifice, en fut touché, et,
sans rien dire à personne, glissa tous les
mois dans le secrétaire de son précepteur
un louis qu'il avait pour ses menus plaisirs. L'abbé surprit un jour cet enfant
estimable renouvelant son acte de générosité.

Quelle satisfaction pour les parens qui
voient leurs enfans développer les plus
heureuses dispositions et pour les sciences et pour la vertu ! Deux jeunes personnes, de huit à neuf ans, apprenaient
à dessiner. L'une d'elles était de quel-

ques mois plus ancienne écolière que l'autre. Cependant les pères proposèrent un petit assaut d'émulation. La plus ancienne se rendit chez son amie ; après le dîner, elles passèrent ensemble dans un petit cabinet ; on prit pour modèle une tête dessinée par leur maître commun, et toutes deux se mirent à l'ouvrage. Leur tâche finie, celle qui devait naturellement l'emporter sur sa rivale, ne parut point satisfaite de ce qu'elle avait fait ; elle craignit la comparaison, et refusa de passer dans l'appartement où elle devait être jugée. Sa jeune amie sut enfin l'y engager, et profita de l'instant où elle était seule pour cacher l'ouvrage de sa rivale, et y suppléer le dessin de leur maître, qu'elle présenta comme la production de celle qui luttait contre elle. Tous les juges, trompés par cette supercherie, comblèrent de louanges l'ouvrage de la petite amie plus ancienne dans l'art du dessin. Il n'y eut que la mère de la jeune émule qui n'en fut point la dupe, et qui lui demanda le soir, lorsque tout le monde fut retiré, quel motif l'avait déterminée à ce généreux sacrifice ? « Maman, lui répondit-elle, c'eût été violer les lois de la bienséance et de l'hospitalité, que de me faire adjuger, dans notre maison, le prix sur mon amie. »

En 1771, le gouverneur de l'Ecole militaire est informé qu'un jeune élève se distingue de ses camarades, par l'abstinence à laquelle il semble s'être condamné. Il le fit appeler. Après beaucoup de questions et de menaces, l'enfant avoue que, connaissant la misère affreuse dans laquelle sont plongés ses père et mère, qui ne vivent que de pain et d'eau, il ne peut se résoudre à vivre autrement que les auteurs de ses jours. Lorsqu'il eut loué le motif qui lui faisait tenir une telle conduite, le gouverneur lui dit : Votre père n'a-t-il pas servi ? — Oui, Monsieur. — Est-ce qu'il n'a aucune pension de retraite ?—Non, Monsieur. — Eh bien, je vous promets de lui en obtenir une. Puisque vos parens sont si peu à leur aise, vraisemblablement ils ne vous ont pas beaucoup garni le gousset; recevez, pour vos menus plaisirs, ces trois louis que je vous présente de la part du roi; et, quant à M. votre père, je lui enverrai d'avance les six mois de sa pension, que je suis assuré de lui obtenir. — Monsieur, comment pourrez-vous lui envoyer cet argent ? — Ne vous inquiétez point, nous en trouverons les moyens. —Ah! Monsieur, puisque vous avez cette bonté, ayez encore celle de lui faire remettre les trois louis que vous venez de me donner. Ici, j'ai tout en abondance; ils me deviendraient inutiles, et ils feront grand bien à mon père. »

Un écolier, âgé de dix-sept ans, étudiant en rhétorique, au collége d'Harcourt, rencontra, dans une de ses promenades,

promenades, un homme couvert des hail-
lons de la misère. L'indigence et les malheurs avaient altéré, dans cet infortuné,
les traits d'un ancien domestique, qui
l'avait autrefois servi chez ses parens. Il
le reconnut avec peine, et s'en approcha
avec la pitié la plus vive et le plus tendre intérêt. Après l'avoir interrogé sur
les causes de sa triste situation, et s'être
assuré que les vices ni la paresse n'y
avaient aucune part, il lui assigna un
rendez-vous secret pour le matin, au
collége d'Harcourt. L'ancien et malheureux domestique ne manqua pas d'arriver à l'heure indiquée, et le généreux
et sensible écolier lui donna, pour premier secours, tout l'argent qu'il possédait
alors, et la portion de pain réservée pour
son déjeûner, avec ordre de venir l'après-
dînée prendre celle qui lui était destinée
pour son goûter. Il lui prescrivit en
même-temps de se loger dans une maison honnête, aux environs du collége,
et de lui faire connaître la personne chez

3   6

laquelle il choisirait une demeure. Il finit
par s'excuser sur la modicité des secours
qu'il lui prodiguait, et l'exhorta à se
flatter que le temps et sa bonne conduite emmèneraient des jours plus cal-
mes et plus heureux. L'hôtesse choisie et
présentée au jeune homme, reçut pendant huit mois le prix de ses loyers, et
rendit bon témoignage de la conduite de
l'infortuné, qui vécut pendant tout ce
temps-là de la portion de pain destinée
au déjeûner et au goûter de l'écolier si
bienfaisant, et de la modique somme
que le jeune homme recevait pour ses
menus plaisirs. Non content de ces secours, il eut soin d'amasser quelqu'argent, afin d'habiller cet honnête malheureux ; quand il fut assez riche, il employa l'industrie d'un tiers pour acheter
à la friperie un habit qui mît son pro-
tégé en état de se présenter sans humiliation, pour solliciter quelqu'emploi. Cependant l'obligeant jeune homme s'a-
gitait et s'intriguait pour lui trouver une

place où il pût, en travaillant, se procurer une vie plus douce et plus aisée.
Enfin il eut le bonheur de prévenir le
vœu de cet indigent, qui, ne voulant
plus lui être à charge, se proposait de
s'engager ; il le fit entrer comme domestique dans une maison où sa mère venait très-souvent. Cette mère dînant un
jour chez son amie, reconnut le laquais
qu'elle avait eu autrefois à ses gages. La
curiosité la porta à lui demander l'histoire
de sa vie, depuis qu'elle l'avait perdu de
vue. Le récit qu'elle entendit finissait
par le détail de la généreuse sensibilité de
son fils. Jusque-là un profond secret avait
été gardé de la part du jeune bienfai-
teur, qui avait même trompé, sur cet
article, la vigilance de son précepteur,
chargé de veiller sur ses actions.

Un enfant de la pension de M. Achard,
à l'Estrapade, se montra tout aussi estimable ; il fit voir la bonté de son cœur
et combien, malgré son jeune âge, un

dépôt lui paraissait sacré. Il faut d'abord
raconter l'événement qui donna lieu à
cette belle action. Un jeune homme, à
peine dans l'adolescence, et pensionnaire chez M. Achard, conçut tout-à-
coup une envie extrême de voyager, et
chercha en lui-même comment il pourrait s'en procurer les moyens. Après y
avoir bien rêvé, il ne trouva rien de
mieux que de se faire soldat. En conséquence de son projet, il courut se présenter à un enrôleur, et ses vœux furent
comblés, quoiqu'il fût encore d'une petite
taille, et que les héros subalternes se me-
surent à la toise. Dès que son engagement
eut été signé, on le fit partir pour la ville
d'Eu, en Normandie, où le régiment était
en garnison. Il ne tarda pas d'y apprendre
de ses nouveaux camarades que l'argent
est souvent aussi utile à la guerre que
la bravoure ; et comme il ne possédait
pas un sou, il écrivit à son père, qui,
indigné de son équipée, ne lui fit aucune
réponse. Il imagina alors de s'adresser

à ses anciens compagnons d'étude, et les instruisit de sa misère. Leurs jeunes cœurs en furent attendris ; ils tinrent conseil, et mirent en commun tout ce qu'ils possédaient, montant à la somme de soixante francs. Ils confièrent ce trésor au plus âgé d'entre eux ; et voici enfin le héros de l'action estimable, digne d'être célébrée. Ce jeune enfant enveloppa l'argent dans une lettre, et se rendit à la poste pour la faire affranchir. Le commis s'apperçoit du dépôt qu'elle renferme, veut l'en séparer, et demande trois livres pour le port de l'argent. L'écolier se trouve fort embarrassé, et ne voulant point diminuer la somme qui lui avait été confiée, il se décide à en être lui-même le porteur. Pour cet effet, il reprend sa lettre, revient chez son père, parce qu'il n'était qu'externe chez M. Achard, vend en secret une partie de ses nippes, se procure quinze francs, part à pied pour la ville d'Eu, et remet le dépôt à celui auquel il était destiné.

*

Cependant le père de cet enfant obligeant était dans la plus vive inquiétude,
surtout lorsqu'il apprit la commission que
son fils avait acceptée. Mais l'objet de
ses alarmes revint après avoir rempli des
obligations qu'il regardait comme sa-
crées, et reprit ses occupations avec
toute la modestie et la tranquillité d'un
cœur satisfait, qui croit n'avoir obéi qu'à
la loi du devoir.

CHAPITRE XXXV.

Superstition. Crédulité.

Si quelque chose pouvait étonner dans l'histoire des bisarreries du cœur humain, on verrait avec la dernière surprise que dans un temps où presque tout le monde se pique d'être incrédule, on donne tête baissée dans les préjugés les plus extravagans : on veut avoir l'air de croire en Dieu, et l'on croit avec simplicité au diable, aux esprits, à la réalité des songes, aux tireuses de cartes !

Le cimetière de la paroisse des Innocens, autrefois un foyer pestilentiel dans le quartier le plus resserré de Paris, est maintenant métamorphosé en une place destinée à la vente des légumes. Dans le temps qu'on enlevait de cet ancien

champ de mort les ossemens des généra-
tions passées, on y vit une tête sèche et
décharnée s'agiter et courir rapidement.
La frayeur s'empara aussitôt des spectateurs, on était sur le point d'appeler des
prêtres pour exorciser le diable, lorsqu'un
homme du peuple, s'armant de courage,
frappe d'un vigoureux coup de bâton le
crâne mouvant, qui se brise en pièces
et montre qu'il renfermait un rat.

Avant de pénétrer plus à fond l'histoire des préjugés, observons que les
charlatans qui remplissent Paris et font
distribuer sur le Pont-Neuf les annonces
emphatiques de leurs cures merveil-
leuses, sont des imposteurs qui ont l'art
de s'enrichir aux dépens des dupes et de
la crédulité publique. Un poète eut bien
raison de se moquer de ces prétendus
docteurs, ainsi qu'on va le voir.

Parmi tant de secrets divins
Que les charlatans s'attribuent,
Il en est un des plus certains;
C'est qu'ils font pardonner à l'art des médecins:
Ceux-ci laissent mourir, mais les autres vous tuent.

Carmeline , fameux arracheur de dents , et qui en remettait d'autres en leur place , avait fait mettre à côté de son portrait exposé en vue à la fenêtre de sa chambre qui regardait le cheval de bronze du Pont-Neuf, le mot de Virgile sur le rameau d'or , liv. VI de l'Enéïde , et l'application était heureuse :

Uno avulso non deficit alter.

(Une d'arrachée il en revient une autre.)

Une dame consultait un médecin célèbre sur un remède à la mode. « Excellent , Madame , lui répondit-il ; mais dépêchez-vous d'en user : ces sortes de remèdes ne sont bons que pour six mois. »

Les sciences ont aussi leurs charlatans , que de sots enthousiastes sont toujours les plus ardens à admirer. On vit à Paris , en 1782 , un fameux *hydroscope* , c'est-à-dire , un de ces gens qui

6 *

prétendent avoir la faculté de découvrir
les sources d'eau cachées à plusieurs pieds
sous terre. Cet homme merveilleux se
nommait Bléton, et venait du Dauphiné,
où il s'était apperçu par hasard de l'intelligence extraordinaire dont la nature
l'avait doué. Aux approches des eaux
souterraines il éprouvait une sorte de
fièvre et des agitations convulsives. Bléton, les yeux bandés, fut promené aux
environs de la capitale et dans les jardins
de l'Abbaye Sainte-Geneviève, environné d'une foule de gens de tout état,
magistrats, grands seigneurs, simples
fantassins: selon les uns, il annonça juste
les canaux d'eau enfouis sous terre; selon
les autres, il fut souvent pris en défaut.

A-peu-près à cette époque, on lut dans
le *Journal de Paris* une lettre qui
excita l'attention générale. Un particulier, se disant de Lyon et horloger, et
se nommer Luc, promettait, moyennant
deux cents louis, de traverser la rivière

à pieds secs entre le Pont-Neuf et le Pont Royal, en glissant sur la surface de l'eau, à l'aide de sabots élastiques, chacun long d'un pied, sur sept pouces de hauteur et de largeur ; cette chaussure, disait-il, était le fruit de vingt ans de travail et de dépense ; il s'engageait encore à glisser sur l'eau avec autant de vîtesse qu'un cheval en mettrait à parcourir le Pont-Neuf de l'une à l'autre extrémité.

La souscription exigée fut bientôt remplie, et toute la capitale fut la dupe de cette lettre, qui n'était autre chose qu'une véritable mystification.

Le docteur Mesmer, médecin allemand, vu la disposition des esprits à croire les choses les plus absurdes, n'eut pas de peine à persuader qu'il était l'auteur d'une découverte importante pour la prompte guérison des malades. Cette découverte consistait à diriger à volonté, avec le bout du doigt, une petite verge

de fer , un fluide appelé magnétisme
animal , émané du corps sain de l'homme
guérisseur. On avait joint à cette opération occulte le secours d'un baquet presque magique, autour duquel s'asseyaient
les malades pour en respirer les bénignes
influences , quelquefois si énivrantes ,
qu'elles occasionnaient des crispations ,
des convulsions , mais toujours volup-
tueuses:on transportait les femmes qui en
étaient atteintes dans une chambre sombre et matelassée de toutes parts, où elles
s'agitaient tout à leur aise , en goûtant
un plaisir indicible. C'est sur la porte
de cette chambre , disait plaisamment
une dame , que nous lisons écrit d'une
manière invisible , et par une main qui
n'est pas trompeuse : *C'est ici le vrai
plaisirdesdames.*La plupart des femmes
magnétisées faisaient entendre des chants
ou des cris extraordinaires ; il y en avait
qui imitaient le chien , d'autres le chat,
d'autres la poule , etc. On voyait une
fille de treize ans, nommée la petite

Marguerite, qui, lorsqu'elle était tombée
en léthargie par la force du magnétisme-
animal , agissait comme si elle eût été
éveillée ; elle paraissait s'habiller , riait ;
marchait. Si on lui présentait la pointe
d'une baguette magnétisée, elle s'élançait
dessus pour la saisir ; elle était attirée
par M. Mesmer comme le fer par un
aimant. Des filles et des femmes en crise
chez le docteur, dans un état de som-
nambulisme complet , ayant les yeux
fermés , le sens de l'ouie absolument nul ,
indiquaient les parties affligées des malades qu'on leur présentait, en portant la
main sur elles-mêmes à différens endroits de leurs corps : ces pronostics
étaient assez semblables à ceux de quelques médecins, qui les donnent souvent
en aveugles.

Une demoiselle de Berlancourt, dans
l'état de magnétisme, parlait très-bien
latin, sans l'avoir jamais appris. Des filles du
peuple rendues somnambulistes, lisaient
un bandeau sur les yeux , le livre ou le

papier écrit qu'on leur présentait; d'autres voyaient distinctement au travers d'une assiette. Une dame de la plus haute naissance découvrit l'astuce, qui consistait dans un geste horisontal, que l'inspirée pouvait appercevoir, à cause de la position de son bandeau. Tout cela ne rappelle-t-il pas les prodiges fanatiques et astucieux des convulsionnaires jansénistes, établis autrefois dans le faubourg Saint-Marceau ?

L'imagination pouvait suffire pour opérer les cures et les prodiges du magnétisme. Le savant Héquet parle d'un homme qui s'étant couché avec les cheveux noirs, se leva le lendemain avec les cheveux blancs, parce qu'il avait rêvé qu'il était condamné à un supplice cruel et infamant.

On vit dans les derniers jours du carnaval, au faubourg Saint-Antoine, en 1785, une mascarade aussi maligne que bisarre ; c'était une caricature destinée à tourner

en ridicule la science illusoire du magnétisme et ses nombreux partisans. Un
Pierrot portait une espèce d'étendard
chinois, garni de grelots, sur lequel on
lisait en grosses lettres : *Harmonica* (1);
il était accompagné d'un tambour et
d'un fifre , et précédé d'un Jeannot
la lanterne à la main ; immédiatement
après, venait un médecin à face large ,
monté sur un âne, dont la queue lui
servait de bride, et qu'il faisait conduire
par la Folie; il portait au bras droit un
bouclier sur lequel on lisait : *gratis au-*
jourd'hui ; la Folie tenait au-dessus de
l'âne une couronne de chardons : un
autre médecin suivait monté de la même
manière, et se couronnant également
de chardons : ils magnétisaient tous les
deux , et traînaient à leur suite plusieurs
malades en crise, imitant les cris des
dindons.

(1) Instrument nouveau et d'une harmonie
fort douce , que le docteur Mesmer faisait entendre à ses malades.

A la première représentation de l'opéra comique intitulé *les Docteurs modernes*, il arriva une aventure assez plaisante. Une dame, très-zélée magnétiste, ayant ouï dire qu'on allait tourner en ridicule son cher docteur, donna six francs à un laquais, gros lourdeau, pour aller siffler la nouvelle pièce. Le rustre, jaloux de remplir les intentions de sa maîtresse, et de bien gagner son argent mais n'ayant aucune habitude du spectacle, se crut obligé de faire tapage dès que la toile fut levée. On donnait avec la nouveauté du jour un drame très-intéressant. Le siffleur à gage fut bientôt arrêté par la sentinelle, conduit au corps-de-garde, et interrogé pourquoi il interrompait les plaisirs du public. Il répondit naïvement que sa maîtresse lui avait donné six francs pour siffler une pièce, et que comme il était honnête homme, il n'avait pas été capable de voler cet argent, en ne faisant point ce qui lui avait été ordonné. On rit beaucoup de la balourdise de ce valet.

Au dénouement de cet opéra-comique, on voyait les malades rangés autour du baquet, pour subir l'opération du magnétisme ; au moment où l'influence était supposée agir, tous les malades se levaient, et on les envoyait dans *la salle des crises*. Après la pièce, Rosière adressa ce joli couplet au public.

> Du vaudeville, enfant gâté,
> Messieurs, avec sévérité
> Ne jugez pas les entreprises :
> Pour savoir votre sentiment,
> L'auteur est là qui vous attend
> Dans la salle des crises.

Le public ayant demandé l'auteur avec beaucoup d'applaudissemens, Rosière revint seul, et dit au parterre : « Messieurs, j'ai eu l'honneur de vous annoncer que l'auteur était dans la salle des crises ; vos bontés l'en ont fait partir, et nous ne savons point ce qu'il est devenu. »

La bonne compagnie, sur-tout depuis quelques années, se livre à des erreurs et à des préjugés tout-à-fait ridicules, dont il semble que les lumières de la philosophie auraient dû la garantir. Arrêtons-nous un instant à considérer ces assemblées secrètes, si à la mode depuis quelque temps, où des imposteurs prétendent vous montrer dans un miroir préparé, ou dans une eau soi-disant magique, composée d'un mélange de blanc d'œuf, les objets que vous desirez de voir, les personnes chéries que vous avez perdues, ou qui sont éloignées de vous. De riches dupes donnent des sommes considérables de ces miroirs magiques, de cette eau surnaturelle ; mais à peine sont-ils revenus chez eux, que le trésor qu'ils croient posséder disparaît sans retour, et ne leur laisse qu'une longue confusion ; ils s'apperçoivent trop tard qu'ils ont payé fort cher un simple morceau de verre et une eau dénuée de toute propriété.

Un empirique, d'autant plus à craindre

qu'on ne se défiait point de lui, aprés
avoir fait différentes expériences de phy-
sique, éteignit, comme par mégard, la
seule bougie qui éclairait son appartement. « Je suis bien mal adroit, dit-il;
mais je vais réparer ma faute en allu-
mant la bougie avec le bout de mon
doigt. » Un instant après, le bout de son
index présenta une flamme comme celle
d'une chandelle. Une vieille dame voyant
allumer une bougie par un moyen aussi
extraordinaire, (il ne consistait pourtant qu'en un peu de phosphore) en
conclut que cet homme avait des secrets
inconnus à toutes les facultés de médecine étrangères ou nationales. Le même
jour elle lui donna sa confiance et son
or, pour se faire traiter d'une maladie
imaginaire; et l'empirique, au-lieu de
guérir l'imagination, administra des breu-
vages qui occasionnèrent la mort.

Un autre charlatan, aussi rusé que
celui-ci, assura pouvoir évoquer les per-

sonnes absentes, par le moyen de certaines conjurations; mais il ne lui était
permis, disait-il, de les faire voir que
pendant un quart d'heure. Un homme
d'un rang distingué, ayant des secrets
importans à communiquer à une dame
qui était à Londres, s'adressa au prétendu
Nécromancien, qui, après bien des diffi-
cultés et à force d'argent, céda à ses
instances. Mais cet homme de qualité,
qui avait beaucoup plus de préjugés que
de courage, ainsi que c'est l'ordinaire,
fut si frappé de l'apparition subite de la
dame, qu'il se trouva mal, et laissa écouler
le quart-d'heure sans pouvoir proférer
une parole. Au bout de six jours il reçut
de Londres une lettre de son amie, qui
le priait de garder le secret sur la faiblesse qu'elle avait d'être tourmentée
d'un songe ou d'une vision, qui lui troublait tellement la tête, qu'il lui était impossible de s'ôter de l'idée qu'elle l'avait
vu un certain mardi, dans un appartement meublé en satin jaune, évanoui

dans un fauteuil, et se couvrant les yeux d'une de ses mains. Elle finissait en le conjurant de la rassurer en lui donnant au plutôt des nouvelles de sa santé. On se doute bien que l'amie de Londres s'entendait avec le prétendu magicien de Paris.

Il est toujours dangereux de croire aux devins et aux sorciers qu'on rencontre dans cette capitale. Deux dames, d'un rang distingué, entendirent parler d'une étrangère pour qui l'avenir n'était point caché; elles résolurent de la consulter, et se rendirent chez elle en allant à l'opéra, c'est-à-dire, dans toute leur parure. Les bijoux qu'elles étalaient frappèrent la sorcière. « Mesdames, dit-elle, si vous voulez lire dans l'avenir, il faut vous armer de courage. Apprenez que nous avons dans ce monde un esprit qui nous accompagne sans cesse, mais qui ne se communique qu'autant qu'il y est forcé par une puissance supérieure. Il ne tient

qu'à moi de vous procurer à chacune un
entretien particulier avec votre génie ;
mais il ne cédera point à vos conjurations,
si vous ne souscrivez à certaines conditions absolument nécessaires. Les dames
demandèrent avec empressement quelles
étaient ces conditions. « Les voici, poursuivit la Sybille moderne, d'un ton solen-
nel ; il s'agit de se dépouiller de ces vête-
mens, ouvrage du luxe, et qui annoncent
combien le genre humain s'est perverti :
Adam, quand il conversait avec les esprits, était dans un pur état de nudité. »
On hésite, on est tenté de se retirer ; mais
on s'encourage en songeant que les génies
seront seuls témoins de l'obéissance
exigée. Enfin, la curiosité l'emporte ; les
robes, les bijoux sont déposés dans une
chambre, et chacune des dames, exactement nue, passe dans un cabinet séparé.

Elles y restèrent deux heures avec une
impatience difficile à exprimer. Ne voyant
point paraître l'esprit, elles commencent
à penser qu'elles ont été trompées.

La frayeur les saisit ; elles poussent des cris affreux ; leurs gens, qui les attendaient à la porte de la rue, accourent au bruit, suivis des voisins, et on les tire de leur prison. La prétendue sorcière, après les avoir enfermées sous la clé, avait disparu avec leurs hardes et tous leurs effets.

Voici l'histoire d'une autre crédulité, qui faillit avoir des suites encore plus funestes. Un riche particulier se promenant aux Tuileries avec quelques amis, fut abordé par un homme qui vivait aux dépens des gens simples, et qui ne se trompa point à la physionomie de celui-ci, beaucoup plus crédule encore qu'il ne le paraissait. Le rusé personnage dit à l'idiot, qu'il avait quelque chose de très-important à lui dire à l'écart, et l'ayant entraîné dans une allée voisine, il l'assura qu'il lisait dans les astres comme dans l'alphabet ; que le passé lui était aussi connu que le présent et l'avenir ; et qu'il avait distingué sur les traits du

visage de celui à qui il parlait, des choses si avantageuses, qu'il avait cru ne
pouvoir se dispenser de lui en faire part.
Le crédule richard donne tête baissée
dans le piége qu'on lui tend, laisse exa-
miner ses mains, se prête à toutes les
autres simagrées mises en usage par les
imposteurs de cette espèce. Pour prix
de sa patience et de sa bonhommie, on
lui prédit une longue suite de félicités.
Charmé de l'avenir heureux qu'on lui
annonce , il se dispose à rejoindre sa
compagnie et met un écu de trois livres
dans la main du faux prophète. Indigné
de recevoir une si modique récompense,
le prétendu devin rappelle sa dupe, et
dit qu'il lui a caché un événement moins
fortuné que les autres; mais que, toute
réflexion faite, il va l'en informer, afin
qu'il y remédie, s'il est possible. Alors
il le menace de trois accès de convulsion
à trois époques différentes, voisines les
unes des autres, et dont la dernière sera
si terrible, qu'il est fort incertain que
le

le malade puisse en réchapper. « Mais,
ajouta-t-il, si vous avez le bonheur d'en
revenir, attendez-vous à la destinée la
plus brillante. » A ces mots, il quitta son
homme, et s'éloigna si vîte, qu'on le perdit bientôt de vue. Frappé comme d'un
coup de foudre, l'homme trop crédule
rejoignit ses amis, auxquels il répéta,
avec effroi, tout ce qu'on venait de lui
dire : ils s'efforcèrent en vain de le rassurer. Il rentra chez lui plongé dans une
sombre tristesse ; et son imagination devenant chaque jour plus malade, il eut
successivement trois accès de convulsion.
Le dernier fut si considérable, qu'il fallut appeler des médecins, qui ne surent
comment remédier à ce genre de maladie.
Enfin, l'un d'eux voyant tous leurs soins
inutiles, montra qu'en certains cas l'habi-
leté d'un médecin ne consiste point à
donner des ordonnances ni à marcher
sur les traces d'Esculape et d'Hippocrate,
mais à découvrir la faiblesse d'esprit, et
à savoir guérir l'imagination de ses mala-

3.

7.

des. Il s'agit ici de M. Antoine Petit, docteur de la faculté de Paris, démonstrateur d'anatomie au jardin des Plantes. Cet aimable et savant médecin prend tout l'accoûtrement d'un magicien de comédie, une longue robe noire bordée d'hyérogliphes, une grande barbe, un bonnet pointu; et tenant une baguette à la main, il se présente tout-à-coup aux yeux de l'hypocondriaque. « Je viens vous rendre à la vie, lui dit il en grossissant sa voix; mon art m'a appris le triste état où vous êtes réduit. Examinons s'il n'y a pas moyen de changer quelque chose à la triste destinée qui vous menace. » Il feint de considérer attentivement la main du moribond, et s'écrie qu'il voit la vérité de tout ce qu'on a prédit; mais que les dernières convulsions ne doivent point être mortelles, attendu que la ligne de vie n'était interrompue qu'en apparence. Afin de s'assurer davantage de ce qu'il annonce, il paraît consulter les astres; il trace différentes figures; et ses observations ne manquent pas de se trouver d'accord avec ce qu'il vient de dire. Pour seconder les décrets du Ciel, il prescrit quelques remédes simples; peu-à-peu l'hypocondre sort de sa funeste prévention, et se rétablit entièrement.

. Le fameux comte de Cagliostro, pendant son séjour à Paris, persuada la cour et la ville qu'il tenait d'un génie ou d'un sylphe deux oraisons mystérieuses, dont la vertu était efficace pour toutes les femmes: il y en avait une qui devait être appliquée au-dessous du sein gauche, après qu'on les avait apprises par cœur; l'autre dans la poche du même côté; et lorsqu'une femme voulait voir tomber à ses pieds un homme charmant, jadis insensible ou volage, elle n'avait qu'à imposer chacune de ses mains sur les deux oraisons, et les réciter mentalement.

Ce comte Cagliostro brillait dans la capitale en 1785; il y menait un train magnifique, et sa dépense égalait celle de l'homme le plus opulent. Il était médecin empirique, possesseur de pilulles égyptiennes et d'un élixir merveilleux, avec lesquels il opérait ou semblait opérer des cures étonnantes; mais ce qu'il y avait de plus surprenant, il n'exigeait aucune rétribution de ses malades. Ses dupes étaint les gens très-riches, qu'il excroquait de toutes les manières. Il insinuait qu'il avait trouvé la pierre philosophale, qu'il devinait les numéros favorables de la loterie ; qu'il amolissait et grossissait les diamans; qu'il pouvait changer en huile l'eau de la mer; qu'il ressuscitait des morts, et qu'il était âgé de plus de trois cents ans. Obligé de quitter Pétersbourg, par la jalousie du premier médecin de l'Impératrice, Cagliostro lui proposa un singulier duel; c'était de composer, chacun de son côté, quatre pilulles avec le poison le plus violent. « Je prendrai les vôtres, dit-il au docteur russe; j'avalerai par-dessus une goutte de mon élixir, et je me guérirai. Vous prendrez les miennes, et il vous sera impossible de vous guérir. » Ce cartel si extraordinaire ne fut point accepté.

Cagliostro se trouvait un soir au village de Chaillot dans une maison particulière, où plusieurs femmes titrées voulurent danser ; elles le prièrent de leur faire venir, en un clin-d'œil, des jeunes élèves de l'école militaire, située presque en face de Chaillot ; dans l'instant même il ouvrit les fenêtres, et jeta invisiblement un pont-volant très-solide ; mais la compagnie l'ayant plaisanté sur la peine qu'il éprouvait à exécuter ce prodige, il changea tellement les choses, que ce furent des Invalides qui vinrent tout-à-coup au nombre de dix-huit, l'un avec un bras de moins, l'autre avec une jambe de bois.

Cette histoire, dans le temps, courut tout Paris ; mais elle est aussi croyable que celle adoptée, à la même époque, par plusieurs personnes, qui soutenaient

que ce même personnage avait fait paraître à un souper cinq ou six morts
illustres, tels que Socrate, d'Alembert,
Voltaire, Frédéric II, etc.

La ruse et l'adresse de Cagliostro l'a-
bandonnèrent malheureusement, lors-
qu'il fut sorti de la Bastille, où l'avait fait
renfermer l'étrange affaire du collier
excroqué au cardinal de Rohan, au nom
de la reine de France (Marie-Antoinette),
par une femme plus fine et plus astucieuse que les fourbes les plus raffinés.
Il eut l'imprudence d'aller à Rome; il ne
tarda pas à y être arrêté; son procès lui
fut fait comme à un criminel d'Etat, ac-
cusé d'avoir conspiré contre la Religion
et le Souverain Pontife : il fut condamné
à une prison perpétuelle dans un fort si-
tué sur les confins de l'Etat ecclésiastique,
où il termina son étonnante carrière. Le
jour de sa condamnation, les lettres et
effets de l'infortuné charlatan furent brû-
lés publiquement à Rome par la main
du bourreau. On jeta d'abord dans les

flammes la patente qu'il donnait à ses
prosélites initiés dans la maçonnerie
égyptienne ; puis trois tabliers de soie
bordés de galons d'or et de franges ; ensuite trois cordons d'ordres mystiques,
ornés de franges ponceaux : l'un avait
au milieu un croissant ; le second, un
soleil d'argent ; et le troisième, une jar-
retière semblable à celle que portent les
Pairs d'Angleterre. On finit par brûler
des gants blancs, décorés aussi de franges
ponceaux. Le bourreau termina cette
ridicule exécution, en mettant en pièces
deux baquets de métal.

Cagliostro a laissé dans Paris un grand
nombre d'imitateurs, jaloux de marcher
sur ses traces, et il y en aura dans tous
les temps. On ne cessera jamais de vous
glisser furtivement dans les rues des annonces ampoulées et triviales de tireuses
de cartes, de chyromanciens, qui, dans
des réduits obscurs, vous prédisent l'a-
venir par divers moyens, entre autres,
par le plomb fondu, le blanc d'œuf, le

marc de café. L'un de ces fourbes dangereux avait mis ces quatre vers en tête de son adresse :

Consolateur du genre humain ,
Du temps passé je rappelle l'image ,
Je fixe du présent le rapide passage ,
Et du sombre avenir j'éclaircis le destin.

Aujourd'hui (1808) nous avons le fameux docteur Gall, venu du fond de l'Allemagne à Paris pour nous éclairer. Il prétend connaître, à l'aide des protubérances ou bosses du crâne , les facultés physiques, et même morales des individus. Présentez à cette étonnant docteur des crânes de gens qui de leur vivant ont chéri la sagesse , ou qui furent de grands criminels, il distinguera parfaitement les uns et les autres, sans jamais se tromper , disent ses partisans. Hélas ! il avait toujours paru impossible de distinguer dans le monde un honnête homme d'avec un frippon. Les doigts savans du crânologiste palpaient un jour le front d'un honnête mari , habitant de cette capitale, et le docteur de s'écrier qu'il trouvait les bosses de la bonhommie. « Je crois que vous vous trompéz, grand homme , reprit l'épouse ; ne seraient-ce pas plutôt des cornes, occasionnées par quelque chûte ? »

Les tireuses de cartes sont des friponnes qui savent, en attrapant l'argent des dupes, leur persuader tout ce qu'elles veulent. L'auteur de la *Magie blanche dévoilée* va nous en fournir une preuve frappante. « Je demandai ensuite à la vieille, dit-il,
» si je me marierais avec une jeune per-
» sonne dont elle venait de deviner le
» nom (du moins en apparence); elle
» me répondit qu'elle n'en savait rien ,
» mais qu'elle allait interroger le sort.
» Alors elle mit un roi de cœur dans une
» boîte qu'elle me donna, en me priant
» de la tenir bien serrée dans ma main
» droite; elle mit ensuite la dame de trèfle
» dans une autre boîte, qu'elle donna à
» la demoiselle, en la priant de tenir

7*

» cette boîte dans sa main gauche ; après
» quoi elle me pria de prendre dans ma
» main gauche la droite de la demoiselle.
» — Maintenant, dit-elle en gesticulant
» et en nous lançant un regard effroya-
» ble, je vous magnétise par l'influence
» de Jupiter et de Saturne ; je vous an-
» nonce que si le sort doit vous séparer
» pour toujours, les deux cartes que je
» viens d'enfermer, resteront chacune
» dans sa boîte, pour exprimer votre sé-
» paration par leur éloignement ; mais si
» vous devez vous unir sous les lois de
» l'amour et de l'hymen, vous allez d'a-
» bord sentir dans votre cœur une pal-
» pitation xetraordinaire, et le roi de
» cœur, qui est dans la main de monsieur,
» va sortir invisiblement de sa boîte, pour
» aller joindre la dame de trèfle dans
» la main de mademoiselle. Ceci n'est
» point un badinage, continua-t-elle en
» regardant la jeune personne, et en lui
» tâtant le pouls ; je sens déjà que votre
» cœur palpite, et que le roi de cœur

» est dans votre boîte. — La demoiselle
» avoua qu'elle venait d'éprouver une
» palpitation; (le merveilleux dont on la
» menaçait en était la cause) et moi, im-
» patient de savoir la vérité touchant une
» expérience si singulière, j'ouvris ma
» boîte avec précipitation, et je n'y trou-
» vai rien, quoiqu'elle n'eût pas été ou-
» verte depuis qu'on y avait mis le roi
» de cœur. Les deux cartes se trouvèrent
» réunies dans la boîte où la dame de
» de trèfle était seule un instant aupa-
» ravant. (Mais tout le prodige consiste
» dans la manière adroite dont on fait
» tomber un carton qui tient au couver-
» cle des deux boîtes. »

L'aventure suivante achèvera de prouver le danger d'avoir trop de confiance
dans les tireuses de cartes. Une jeune
fille, très-honnête, alla chez une vieille
femme connue parmi le peuple pour pré-
dire l'avenir. Après avoir tiré les cartes,
la devineresse dit à la jeune fille, qu'elle

n'osait lui apprendre ce que son art venait de révéler. Celle-ci l'ayant pressée de ne lui rien taire, la fausse sorcière lui déclara qu'elle avait vu dans les cartes une chose affreuse. — Mais qu'est ce encore? Ne me cachez rien; je suis venue ici, et je vous ai payée pour savoir le bonheur ou le malheur qui m'est destiné. — Eh bien, les cartes m'ont appris que vous serez pendue. — Qu'on juge de l'effroi qui saisit la jeune personne. Elle s'en retourna chez elle glacée d'épouvante, et se mit au lit en arrivant. Le lendemain matin ses parens la trouvèrent morte étendue par terre, et ayant le cou très-enflé. « Il est vraisemblable, dit M. des Essarts, dans son *Dictionnaire de la Police*, que l'idée affreuse du supplice dont le bohémienne l'avait menacée, s'était présentée à son imagination, et qu'elle avait éprouvé une révolution si terrible, qu'elle avait été suffoquée. »

M. de R****, après s'être beaucoup

amusé au bal de l'Opéra, mourut d'un
coup de sang en rentrant lui. Madame
de V***, sa sœur, qui l'avait quitté
assez tard, fut tourmentée toute la nuit
de songes affreux, qui lui représentaient
son frère dans un grand danger et l'ap-
pelant à son secours. Souvent réveillée
en sursaut, et dans des agitations continuelles, quoiqu'elle sût que son frère
était au bal de l'Opéra, elle n'eut rien
de plus pressé, dès que le jour parut,
que de demander sa voiture, et de courir
chez l'objet de sa tendresse fraternelle.
Elle arriva au moment que le suisse avait
reçu ordre de ne laisser entrer personne,
et de dire que M. de R*** avait besoin
de repos. Elle s'en retourna consolée et
riant de sa frayeur. Ce ne fut que dans
l'après midi qu'elle apprit que ses noirs
pressentimens ne l'avaient point trompée. Cette anecdote ne prouve point la
vérité des songes; on n'y doit voir qu'une
personne tourmentée d'une digestion
pénible, et vivement affectée, pendant

son sommeil, d'un objet qui lui est
cher.

Il y aura toujours, dans tous les états
de la société, des gens superstitieux et
crédules. Un riche habitant de la capitale, dans la classe de la bourgeoisie, ne
savait quelle profession faire embrasser
à son fils unique, dont l'éducation de
collége allait être terminée. Tantôt il
en voulait faire un avocat ; mais le jeune
homme n'avait point assez de hardiesse :
quelquefois il le destinait au commerce ;
mais il était trop scrupuleux et trop rempli de probité : un autre jour il se décidait
pour l'état de médecin ; mais il lui trouvait trop de modestie, et peu de penchant
à se montrer petit-maître : en de certains
momens il penchait pour le mettre dans
l'Eglise ; mais il lui paraissait peu circons-
pect dans ses passions. Enfin, ne sachant
quel parti prendre, il crut devoir consulter un ami, ou du moins un homme qu'il
croyait fort affectionné à ses intérêts.

Celui-ci, qui ne cherchait qu'à s'amuser aux dépens de tout le monde, connaissant le peu d'esprit de celui qui l'interrogeait, feignit de réfléchir quelques instans, et lui conseilla ensuite, avec un grand sérieux, de consulter le génie de ce fils qui lui donnait tant d'inquiétudes. Le bourgeois de Paris ne manqua pas de se récrier sur la singularité de l'avis. L'autre insista, et lui prouva que tous les élémens étaient habités par des sylphes, des esprits, et que chaque homme avait un génie chargé du soin de le conduire et de le diriger dans toutes ses actions. Bien convaincu de ce qu'il venait d'entendre, le bon Parisien demanda comment il fallait s'y prendre pour faire parler un génie. « Rien de plus facile, moyennant certaines précautions, répondit le perfide ami. Il s'agit seulement, entre dix et onze heures du soir, que vous placiez une chaise contre le mur de votre chambre à coucher, et qu'aussitôt que vous aurez placé cette chaise,

après avoir éteint les lumières, vous
heurtiez trois fois de toute votre force
contre ce mur, avec un marteau dont le
manche soit entouré de vervaine, et auquel vous aurez attaché un papier qui
contiendra ces mots écrits de votre main:
Génie de mon fils, parle-moi. Ensuite
vous vous asseyerez sur cette chaise de
la même manière que les tailleurs ont
accoutumé de s'asseoir; vous vous tiendrez
dans cette situation, toutes les issues de
votre corps étant bien fermées, excepté
le nez et les oreilles. Ne changez de position qu'après avoir entendu la voix du
Génie. Ayez soin aussi de recommencer
cette cérémonie de huit jours en huit
jours, à la même heure, jusqu'à ce que
les paroles prononcées renferment un
sens parfait. Après cela, vous ferez encore cette grande opération, pour voir
si on n'aura plus rien à vous dire. »

Le crédule bourgeois promit qu'il ne
manquerait à aucune des conditions qui
lui avaient été prescrites, dès qu'il serait

de retour d'un petit voyage à la campagne, qu'il ne pouvait se dispenser de faire.
Pendant son absence, le malin conseiller,
qui occupait une maison contiguë à la
sienne, fit percer le mur de la chambre à
coucher de celui qui plaçait si mal sa
confiance, et introduisit une sarbacane
dans le trou presque imperceptible qu'on
avait pratiqué. A peine fut-il revenu de la
campagne, que le bon et simple bourgeois avertit son prétendu ami que dès
le soir même il commencerait à consulter
le Génie. Il ne manqua en effet à aucune des conditions exigées. Les trois
coups de marteau ayant été frappés, il
reçut au travers de la sarbacane, la réponse suivante, d'une voix qui paraissait
bien extraordinaire : *Il faut que tu.*
Voilà tout ce qu'il put apprendre la première fois. Huit jours après on lui répondit:
Il faut que tu fasses ton fils pa. Cet
oracle ne signifiait encore rien. C'est ce
que le faux ami ne manqua pas d'observer, lorsque le tendre père lui en parla le

lendemain. « Ceci est pire qu'un logogriphe, s'écria-t-il. Encore si le Génie avait
dit: *Il faut que tu fasses ton fils par,*
nous pourrions interprêter qu'il prétend
que vous en fassiez un partisan; c'est en
effet un métier excellent que celui de
financier, quoiqu'il ne soit plus de nos
jours aussi lucratif qu'autrefois. Si votre
fils est friand, le Génie veut peut-être
que vous en fassiez un pâtissier ou un pa-
rasite.» Le traître se moquait ainsi de la
bonhommie du citadin dont il se jouait,
qui, pour la troisième réponse, reçut
celle-ci: *Il faut que tu fasses ton fils
pape.* Au comble de la joie, déjà décidé en faveur de l'Eglise, et se flattant
que le dernier oracle ne ferait que le
confirmer dans sa résolution, le riche
bourgeois fut on ne peut plus morti-
fié, quand il entendit ces terribles paroles: *Il faut que tu fasses ton fils pa-
petier.* L'orgueil, l'ambition et la tendresse de ce bon père furent tellement
affectés, qu'il en tomba malade et en

serait mort de chagrin, si son cher conseiller ne lui avait découvert le stratagême dont il s'était servi pour s'amuser
de sa crédulité. Honteux d'avoir été
dupe de la sorte, il prit le parti de ne
plus se fatiguer l'imagination à chercher
un état pour son fils, et d'en faire tout
simplement un rentier, c'est-à-dire , un
de ces oisifs héritiers de parens opulens,
qui n'ont d'autre chose à faire dans Paris
qu'à digérer et qu'à parler politique.

Une petite fille avait des convulsions
affreuses ; quelques bonnes femmes pré-
tendirent que c'était un sort qu'on lui
avait jeté, et que pour la désensorceler,
il s'agissait de faire venir un homme
regardé parmi le peuple comme un habile
magicien. Cet illustre personnage arrive,
et prononce gravement que pour rompre le charme il fallait prendre les habits
et le linge qu'aurait porté pendant un
jour la petite fille, et les battre avec des
branches de figuier environ vers le minuit.

« Cela attirera, ajouta-t-il, la sorcière
chez vous; car c'est une femme qui a
fait le mal; et quand vous la tiendrez, il
ne vous sera pas difficile de la mettre à
la raison; une légère bastonnade l'obli-
gera de détruire son enchantement. Il
vous sera aussi très-aisé de la reconnaître,
parce qu'elle entrera d'un air effrayé dans
lach ambre où vous battrez les habits, et
s'écriera: Eh! qu'est-ce que vous faites
donc là? — Mais, reprit la mère de l'enfant, il n'est pas étonnant que ceux qui
entreront demandent ce que cela signi-
fie, et nous pourrions faire un fâcheux
quiproquo. — L'heure indue vous empê-
chera de vous tromper; il suffira de laisser votre porte entr'ouverte; et je vous
avertis que la sorcière portera même une
bougie à la main. » On exécuta ponc-
tuellement tout ce qui avait été prescrit,
et l'on vit effectivement entrer une femme tenant à la main une bougie, et qui
ne manqua pas de faire la question an-
noncée. Alors les bonnes gens crièrent

au miracle, se jetèrent sur la nouvelle
arrivée, et voyant qu'elle ne faisait que
rire de la prière qu'on lui adressait de
guérir l'enfant, on lui administra une
grêle de coups de bâton, cérémonie
qui recommença à plusieurs reprises ;
parce qu'elle n'était ni médecin ni sorcière. Il faut convenir qu'elle avait raison, puisqu'elle était tout simplement
une servante du voisinage, en condition
depuis peu de jours, qui couchait près
d'un enfant accoutumé à ne pouvoir dor-
mir sans avoir une lumière auprès de lui ;
celle qu'on y avait laissée s'étant éteinte,
ses cris réveillèrent cette pauvre domestique, qui, ayant apperçu qu'on n'était
point encore couché dans la maison du
voisin, venait allumer un bout de bougie.
Le bruit se répandit, dès le matin, dans
tout le quartier, que la sorcière qui avait
jeté un sort sur l'enfant de M.***, refusait de détruire son funeste ouvrage,
malgré les coups qui pleuvaient sur elle.
Les personnes dont la servante était

disparue , soupçonnèrent la vérité , et
vinrent réclamer cette malheureuse fille,
qu'ils trouvèrent à demi-morte de l'indigne traitement qu'elle avait reçu.

Un fou des Petites-Maisons se moqua
avec beaucoup d'esprit et de sagesse des
dupes qui vont consulter les prétendus
devins. Une dame ayant rêvé qu'elle
gagnait un terne à la loterie de France
(présentement loterie Impériale), fit
part de ce songe à une de ses amies,
qui lui conseilla de mettre à la loterie,
et de prendre un *terne*, attendu, dit-
elle, qu'en dormant, elle venait peut-
être d'avoir une inspiration du Ciel. Mais
l'embarras était de choisir des numéros.
Tandis qu'elle flottait dans l'incertitude,
une autre dame survint, qui fut d'avis
qu'il fallait aller consulter un des habitans des Petites-Maisons , c'est-à-dire,
un fou ; ces sortes de gens lui paraissant
infaillibles dans leurs prédictions. La rê-
veuse crut devoir suivre ce singulier con-

seil, et apprit le motif qui l'amenait au premier fou qu'elle rencontra dans l'hospice consacré à servir d'asile à la démence. Cet homme, après l'avoir écoutée attentivement, lui demande un papier et un crayon, réfléchit un instant, trace quelques chiffres sur un morceau de papier, le roule et l'avale, et dit ensuite gravement à la dame : « Si vous voulez revenir demain, vos numéros seront sortis; mais je ne vous réponds pas que ce soit un terne sec. »

Au milieu du 18e. siècle, vers 1750, tout Paris croyait aux revenans, et peu de personnes doutaient qu'il n'y en eût un d'établi chez un lutier, rue Croix-des-Petits-Champs, qui s'amusait, jour et nuit, à mettre tout sans-dessus-dessous, à faire mouvoir et danser les étuis de violons et de contre-basses. Enfin, la police découvrit qu'un voisin, amoureux de la fille du lutier, mettait en jeu tout ce manége pour mieux entretenir têfe-à-tête sa maîtresse, en effrayant les parens de la jeune personne.

A la fin de nivôse an 13 (1805), la même scène à-peu-près s'est renouvelée au Marais, rue Notre-Dame-de-Nazareth, dans une ancienne maison des Cordelières ; il s'y passa, pendant plusieurs jours, des choses bien étranges, disaient les gens du quartier ; on y vit voler en l'air des bouteilles depuis la cave jusqu'au grenier ; plusieurs personnes furent blessées ; les débris des bouteilles restèrent entassés dans le jardin, sans que la foule des curieux pût découvrir d'où provenait ce phénomène. On consulta des physiciens et des chimistes ; ils ne purent pas même dire de quelle manufacture venaient les bouteilles qu'on leur montra ; les gens du peuple se persuadèrent qu'elles venaient de la manufacture du Diable, et que cette aventure ne pouvait être que l'ouvrage des sorciers ou des revenans ; les personnes plus

instruites ;

instruites, tout aussi crédules, ne surent qu'en penser. La police découvrit bientôt que ces magiciens, ces revenans, ces démons, n'étaient tout simplement que des habitués de la maison, aidés d'un physicien de leurs amis, qui, au moyen de l'électricité et d'un trou imperceptible, pratiqué dans le mur de la maison voisine, parvenaient à faire mouvoir à leur gré les meubles de la maison prétendue ensorcelée ; ils avaient pour objet d'empêcher le propriétaire de la vendre, et ils se vengeaient en même-temps d'une personne dont ils croyaient avoir lieu de se plaindre.

———————

3   8

CHAPITRE XXXVI.

Loterie. Jeux de Hasard.

LA fureur de mettre aux loteries , d'en courir toutes les chances , est souvent une véritable folie , tout aussi dange-reuse , tout aussi funeste que celle des jeux de hasard ; mais du moins les par-tisans de ces derniers rendent un culte animé à l'aveugle dieu , tandis que ceux qui fondent toutes leurs espérances dans la roue de la fortune , attendent dans l'immobilité la décision de leur sort.

Fortuné Ricard , qui était maître d'a-rithmétique, a défini assez plaisamment les loteries . un impôt sur les mauvaises tetes , qui contribue à les leur rendre plus mauvaises encore.

C'est aux Génois que nous devons la

naissance de ce jeu de hasard, qu'on appelait la Loterie-Royale de France, et qui est aujourd'hui *Loterie - Impériale*. Les Génois tiraient au sort le nom des cinq sénateurs qui devaient remplacer ceux qui sortaient de charge. On mettait quatre - vingt - dix boules, dont cinq étaient marquées; ceux des concurrens qui tiraient ces cinq boules, étaient élus aux places vacantes. Comme on connaissait les quatre-vingt-dix sénateurs qui devaient tirer, des particuliers, avant le tirage, pariaient souvent pour tels ou tels. Ces paris devinrent un objet de spéculation. Le magistrat les défendit; mais des banquiers s'étant présentés pour en faire un objet de banque régulière, ils furent écoutés. Leur loterie se tira, pour la première fois, en 1620, et ne tarda pas à s'établir chez les nations voisines.

Les loteries consistant simplement en billets perdans et gagnans, remontent jusqu'aux Romains, qui les inventèrent

pour embellir les Saturnales; au commencement de ces fêtes on distribuait
des billets qui gagnaient quelque prix.
Néron établit des loteries en faveur du
peuple, de mille billets par jour, dont
plusieurs faisaient la fortune de ceux que
le hasard favorisait. Héliogabale en créa
d'assez singulières; les lots en étaient
très-importans ou très-inutiles; par exemple, il y avait un lot de six esclaves, et
un autre de six mouches; celui-ci gagnait
un vase précieux, celui-là un vase de terre
commune. Cette loterie, ainsi composée,
peignait bien l'extrême inégalité avec laquelle la fortune distribue ses faveurs.

On raconte qu'un porteur d'eau gagna,
à Paris, le gros-lot à une ancienne loterie; à peine eut-il reçu son argent, qu'il
employa les moyens les plus extravagans pour le dépenser bien vîte. Il se fit
suivre pendant toute une journée par plus
de quatre cents fiacres, fit bombance, et
s'enivra avec tous ses camarades, tant que

le produit de la loterie y put suffire, et lorsqu'il ne lui resta plus un sou, il se remit gaîment au travail.

Un autre homme, à-peu-près du même état, ne se montra pas plus sage. Enchanté d'avoir gagné le gros lot, il voulut mener, pendant quelque temps, la vie molle et fénéante d'un grand seigneur, qu'il avait si souvent enviée. Il se décrasse, s'habille magnifiquement à la friperie, loue un bel appartement tout meublé, un beau carrosse et deux grands laquais. Au bout de six mois, s'appercevant que son trésor était épuisé, il invite ses domestiques, son cocher, son cuisinier, à dîner avec lui : « J'ai voulu, leur dit-il, tâter de la vie des gens riches; je la trouve bien ennuyeuse, et me réjouis de reprendre mon premier état. Allons, mes amis, buvons, divertissons nous; hier j'étais votre maître, aujourd'hui je suis votre égal. »

Le domestique ivre, qui voulut absolument prendre un quaterne sec au bureau d'un nommé l'Heureux, rue Dauphine (de Thionville), en disant que le nom du buraliste lui porterait bonheur, fut en effet très-fortuné : il jeta douze francs sur le comptoir, et demanda qu'on lui fît un billet d'un quaterne sec. L'honnête buraliste le voyant pris de vin, crut devoir lui faire quelques représentations, et lui conseiller de mieux arranger ses numéros. « Est - ce que vous croyez que je manque d'argent, s'écria l'ivrogne? Eh bien, je veux mettre un louis, et suivre mon idée. » On le laissa faire, et le quaterne sortit. Qu'on a bien raison de dire : *Il est un Dieu pour les ivrognes !*

Il fut moins heureux, celui qui s'avisa de hasarder quatre mille francs à la même loterie ! Il avait pris la plus grande partie des numéros, et se flattait de faire une fortune immense ; il ne retira qu'environ six cents livres de son argent, perdit tout le reste, et se pendit de désespoir.

Il est un exemple unique d'une personne bienfaisante, qui se servit de la
loterie pour faire une bonne action. Un
particulier riche, qui avait des obligations
à un homme peu fortuné, desirait lui
faire accepter des secours, et craignait
en même-temps de blesser sa délicatesse ;
pour y parvenir, avant qu'il fut défendu
de se rendre actionnaire aux loteries
étrangères, et à l'époque où il n'y en
avait pas en France, c'est - à - dire, au
commencement de la révolution de 1789,
il l'engagea à s'intéresser de moitié avec
lui à la loterie de Sarbruck, sur un terne
sec qu'il avait rêvé, lui dit-il, et dont il
lui remit les numéros. Quelques jours
après, il vient le trouver d'un air joyeux,
lui annonce la sortie du terne, en lui
présentant une fausse lettre, qu'il assurait avoir reçue de Sarbruck, et lui
compte deux mille écus pour sa part.
Ce qu'il y a de plus singulier encore
dans cette anecdote, c'est que le bien-
faiteur, qui n'avait pas seulement pensé

à faire de mise , apprit deux jours après , par les papiers publics étrangers , que le terne qui avait servi de prétexte à sa générosité , était effectivement sorti.

La passion du jeu produit les catastrophes les plus funestes , et jamais les moralistes , ni même les lois , ne parviendront à l'éteindre dans le cœur de l'homme. Les cartes à jouer furent imaginées en Italie , dans le 14e. siècle. Le savant abbé de Longuerue avait vu un jeu de cartes telles qu'elles étaient dans l'origine. Elles avait sept à huit pouces de longueur. On y voyait un pape , des empereurs , et les quatre monarchies qui combattaient les unes contre les autres; ce qui donna naissance à nos quatre couleurs. En 1390, on introduisit le jeu de cartes en France, pour divertir le roi Charles VI, alors en démence. Sous le règne suivant, un peintre français, nommé Jacquemin Grigonneur, en inventa de particulières à la France. Argine,

nom de la dame de trèfle , est l'anagram-
me de *Regina* ; c'était la reine, Marie
d'Anjou, femme de Charles VII. Rachel,
la dame de carreau, était Agnès Sorel. La
dame de pique, sous le nom de la guerrière
Pallas, désignait la Pucelle d'Orléans,
et Isabeau de Bavière était représentée
par la dame de cœur, sous le nom de
l'impératrice Judith , princesse très-ga-
lante. Dans David, enfin , qui est le roi
de pique, on reconnaît Charles VII, per-
sécuté par son père, comme David par
Saül, et obligé , comme lui, de se défendre contre un fils rebelle. Les quatre
valets, Ogier, Lancelot, la Hire et Hector, sont des personnages historiques.
Les deux premiers étaient des héros ou
braves chevaliers du temps de Charle-
magne. Hector de Galard et la Hire
étaient deux capitaines distingués sous
Charles VI. Le titre de valet, ancien-
nement varlet, était un grade qui menait à celui de chevalier. Les quatre valets représentaient la noblesse ; toutes

les autres cartes, depuis le dix, désignaient les soldats ; les couleurs mêmes étaient des emblêmes militaires. Par le *cœur*, il faut entendre la bravoure, les armes par le pique et les carreaux ; enfin, par le *trèfle*, les fourrages qu'un général doit avoir en vue, lorsqu'il place son camp. *L'as* est le symbole des finances, qui sont le nerf de la guerre. C'était en effet le nom d'une monnaie chez les Romains, et même ils appelaient *as* tout le bien que possédait un citoyen.

Le jeu de dez est beaucoup plus ancien que celui des cartes. Il est parlé des dez sous Philippe - Auguste ; leur forme n'était point carrée comme celle des nôtres.

Croirait-on que les cartes aient produit quelque bien ? Voici ce que dit à leur sujet l'auteur estimable du livre intitulé *les Mœurs* : « On médit moins à présent dans les cercles qu'on ne faisait dans les siècles passés , parce qu'on y joue davantage. Les cartes ont sauvé plus de réputations que n'eut pu faire une légion de missionnaires , attachés uniquement à prêcher contre la médisance. Mais enfin , on ne joue pas toujours , et par conséquent, on médit quelquefois. »

La fureur des jeux de hasard occasionnant souvent la ruine des familles, Louis XVI crut devoir en arrêter les excès. Le parlement et les pairs s'assemblèrent plusieurs fois pour chercher les moyens les plus efficaces d'épouvanter une passion si funeste, s'il était impossible de la détruire. Enfin , le 21 mars 1781, parut une déclaration du roi, qui défendait les jeux de hasard , sous les peines les plus sévères. Nous n'en rapporterons que le préambule : « Depuis notre avènement à la couronne , nous n'avons cessé de nous occuper de la prospérité de nos Etats et du bonheur de nos sujets; nous nous sommes appliqué à établir l'ordre dans toutes les parties de l'administration de notre royaume, et nous commençons à jouir avec satisfaction du succès de nos soins; mais nous nous flatterions en vain de rendre nos peuples heureux par notre économie, et par l'attention avec laquelle nous avons évité jusqu'à présent d'augmenter leurs charges, si nous ne faisions pas usage de la puissance que Dieu nous a donnée pour remédier aux malheurs qu'un grand nombre de nos sujets attirent sur leurs familles, par leur inconduite. L'abus des jeux, qui s'est multiplié depuis quelque temps, a fixé notre attention ; et nous nous sommes fait représenter les ordonnances des rois, nos prédécesseurs, sur une matière aussi importante; nous avons reconnu qu'ils ont, dans tous les temps, donné des lois salutaires, dont il est de notre sagesse de maintenir l'exécution.... »

Les législateurs auront beau faire, le jeu sera toujours une passion irrésistible, parce qu'il y aura sans cesse des gens désœuvrés, des gens intéressés, des escrocs. L'exemple du fameux Galet devrait épouvanter tous les joueurs. Il gagna des sommes immenses, et le même hasard qui les lui avait données, l'en dépouilla par la suite. Il avait fait bâtir un superbe hôtel, rue Saint-Antoine; mais il le joua, et le perdit en un coup de dez. Lorsqu'il n'eut plus rien, il allait encore jouer avec les laquais, et même sur les degrés de la maison qui lui avait appartenu.

M. de Sartine, lorsqu'il était lieutenant-général de police, sous le prétexte spécieux de réunir tous les chevaliers d'industrie qu'il devait connaître, fit ouvrir le premier, dans Paris, toutes les maisons publiques de jeu, cavernes séduisantes d'escrocs, de filoux et de voleurs, et qui lui payaient, chaque mois, une forte rétribution.

Le conseil - général de la commune,

en 1793, prit un moyen qui aurait pu
être infaillible, s'il avait été suivi. Il arrêta que les noms de tous les joueurs
saisis, seraient imprimés, affichés et en-
voyés aux quarante-huit sections, après
que le procès-verbal de chaque saisie
aurait été lu au conseil de la commune.

Le bataillon de Saint-Roch, aussi-tôt
que le décret qui proscrivait les jeux de
hasard eut été rendu, se porta au Palais-Royal, dans le passage de Ratziville;
en une demi-heure l'intérieur de ce ré-
ceptacle du crime fut entièrement dé-
truit; on brisa les siéges, les tables, etc.
Le célèbre et malheureux Bailli, alors
maire, y accourut, et improuva la conduite de la garde nationale, sous le prétexte qu'elle n'avait point respecté les propriétés. «M. Bailli, observa un journaliste
du temps, aurait dû savoir que les brigands n'ont point de propriétés. »
Un Anglais, habitué à jouer dans ce
tripôt, et qui n'avait pas l'air d'avoir été

favorisé du sort, s'écria douloureuse-
ment : « Les Français disent qu'ils sont
libres dans leur pays : mensonge, mensonge! on n'y a pas même la liberté de s'y
ruiner à son aise. »

Un autre Anglais perdit onze mille
louis, que lui gagna, dans le club polonais, un nommé Persico, Italien, le plus
habile joueur de billard qu'il y eut en
Europe. Pour mieux faire tomber l'Anglais dans le piége, il lui en avait d'abord
laissé gagner sept mille.

Un particulier perdit quinze mille liv.
dans un tripôt, tenu par M. Lafond,
chevalier de Saint-Louis. Le perdant s'apperçoit de la substitution d'une carte, et
en fait des reproches très-vifs à l'auteur
de la tricherie. Celui-ci s'arme de son
sabre, en frappe le plaignant, qui mourut de ses blessures.

Le bureau Central, au mois de messidor an 7, (1799) fit afficher un arrêté qui prohibait les maisons de jeux, et rappelait les lois et réglemens à cet égard. Toutes ces maisons furent alors fermées, quoiqu'elles payassent, disait-on, une somme de cent cinquante mille fr. par mois, laquelle était employée aux frais de la police.

Dans le Journal intitulé l'*Ami des Lois*, n°. 1551, du 6 frimaire an 8 (1799), on trouve un article curieux sur les maisons de jeux. « Le citoyen François, y dit-on, adresse à la commission des Cinq-Cents, une pétition contre les compagnies Perrin, Bazoan et Brillon, aujourd'hui fermiers des jeux. Selon lui, les frais de manutention et de privilége montent à quatre cents mille francs par mois, et les primes et bénéfices à trois cents mille. Il estime la fortune de Perrin, l'un des fermiers, à cinq millions; il cite les femmes Théolon et Villard, qui trafiquaient des jeux sous le ministre Sottin... Il regarde tous ces fermiers comme des personnages devenus très-importans, ou riches de la dépouille des joueurs imbéciles et dupes.... Tout le monde sait que Prévost loua le Palais-Royal, et il détermina Perrin, lors du premier privilége, à faire les fonds chez lui. Deux banques de *trente - un* et deux de *pair* et *impair* y furent établies, sous la dénomination de *grande partie* et *de la partie de Madame*. Le produit, en treize mois, fut de quatre millions deux cent quarante - neuf mille francs.... Prévost fils fut condamné à mort, pour avoir tué un jeune homme qui s'emportait en imprécations contre la tolérance qui souffrait les tripôts. Une singularité digne d'être remarquée, c'est qu'on voyait dans quelques-uns des salons de jeu, des tableaux représentant les funestes effets de cette passion....»

Six-coupe - jarrêts, en 1792, étaient chargés de mettre la police dans les tripôts du Palais - Royal, et dans d'autres

quartiers. Ils étaient à la solde du banquier intéressé à ces tripôts; chacun recevait au moins six francs par jour. Leur
tête hérissée de cheveux noirs et mal
peignés, était couverte d'un vaste chapeau à six ganses ; ce qui les faisait appeler *les lurons de la gance.* Leur chapeau enfoncé en tapageur, et garnissant
toute la partie de l'oreille gauche, se re-
levait fièrement sur l'oreille droite. Ils
fixaient, d'un air menaçant, les joueurs,
qu'une passion déplorable entraînait dans
ces demeures du crime. Ils montraient,
avec affectation, un bâton énorme et
court, qu'ils tenaient sous le bras droit.
Dans leurs poches de veste étaient deux
pistolets, dont le pommeau sortait avec
évidence, afin d'épouvanter la victime
dépouillée, qu'ils environnaient à l'instant qu'elle criait trop haut, et qu'ils
menaçaient alors d'assommer.

Dans les jeux et tripôts qui entour-
raient le Palais-Royal, il n'y avait pas

moins de cinq à six mille joueurs ou escrocs.

Les personnes qui tenaient ces coupes-
gorge, prenaient tant de précautions,
lorsqu'ils furent défendus, qu'il était
bien difficile de les prendre sur le fait.
Au bas de l'escalier était une barrière
fermée, dont un portier avait la clé, ou
qui ne s'ouvrait qu'avec un secret difficile à découvrir. Quand on venait pour
surprendre ces partisans fanatiques de
l'aveugle dieu du hasard, ou bien plutôt
ces habiles escrocs, le portier tirait le
cordon d'une sonnette qui répandait l'a-
larme; à l'instant le jeu cessait, les cartes
s'enlevaient, l'argent disparaissait. La
garde cependant s'avançait sur l'escalier, et trouvait une nouvelle barrière
au haut de l'étage, qu'un domestique
feignait d'avoir de la peine à ouvrir;
une dame fort polie se montrait alors.
« Que demandent ces messieurs? — Madame, vous tenez jeu. — Entrez, et

voyez. » Qu'appercevaient-ils dans l'appartement ? Vingt à trente personnes se chauffant, ricannant et se moquant des perquisitions ; sur le tapis de la table ils voyaient répandus des journaux et des brochures.

Sous un gouvernement paternel, les peuples doivent s'attendre à des lois protectrices, bienfaisantes, et à voir proscrire et disparaître les abus les plus funestes au bonheur de la société. La sagesse de l'Empereur NAPOLÉON a rendu un décret qui prohibe les maisons de jeu de hasard dans toute l'étendue de l'Empire. Ils font plus qu'ouvrir un vaste champ aux fripons; ils sont une source funeste de ruines dans les familles, de malheurs et de crimes.

Un particulier entra dans un de ces salons où l'on jouait gros jeu, et se plaça derrière le fauteuil d'un des joueurs, dont il ne tarda pas à s'appercevoir des tricheries ; enfin, n'y pouvant plus tenir, il lui dit : « Monsieur, il me semble......

— Oui, interrompit le joueur fripon, il vous semble qu'il y a long-temps que nous ne nous sommes vus, et que j'ai bien tardé à vous rendre les cinquante louis que je vous dois ; les voici. »

La passion du jeu était si forte dans madame de C****, qu'elle regardait comme perdu tout le temps qu'elle passait sans avoir les cartes à la main. Elle donnait à jouer chez elle, et afin d'empêcher que ceux qui seraient mal traités par la fortune, n'exhalassent leur chagrin par quelque imprécation un peu trop forte, elle avait taxé chaque gros mot à un louis. M. de T***, l'un des plus assidus à sacrifier chez elle au dieu du hasard, vivement affecté un soir du malheur continuel qui le poursuivait, et voulant exprimer énergiquement son désespoir, prit le parti de jeter sur la table une poignée de louis, et jura pour lors tout à son aise.

Une dévote se confessait du trop grand attachement qu'elle avait pour le jeu ; son confesseur lui remontra qu'elle devait surtout considérer la perte du temps. « Hélas ! dit la pénitente en l'interrompant, que vous avez bien raison, mon père ! On perd tant de temps à mêler les cartes ! »

Un petit-maître perdait constamment ; une femme touchée de son malheur continuel, ne put s'empêcher de le plaindre. « Madame, lui dit-il, épargnez-vous ce mouvement de pitié ; ce n'est pas moi qu'il faut plaindre : ce sont ceux à qui je dois qui perdent. »

Un grand seigneur jouait cent pistoles au piquet avec un financier qui courait risque d'être capot, n'ayant plus que deux as à jouer, qu'il montrait à découvert, ne sachant lequel garder. L'homme de cour, aussi rusé que titré, voyant qu'il levait le bras pour jeter l'as dont il fallait se défaire, avança adroitement un de ses pieds sous la table, et pressa un des pieds du financier. Comme il était entouré de plusieurs de ses amis, le Crésus s'imagina que c'était un d'entre eux qui l'avertissait de jeter l'autre as, ce qu'il fit, et comme il se vit capot, il demanda tout haut, avec dépit, quel était le presseur de pied. « C'est moi, répondit en riant le grand seigneur, c'est moi, qui n'étais pas obligé de vous donner un bon avis. »

Il fut une époque où la plupart des joueurs payaient en billets de la caisse d'escompte ; ce qui rendait les pertes beaucoup plus considérables et bien moins sensibles ; trente, cinquante mille francs en papier ne paraissant presque rien en comparaison de pareille somme en numéraire. Avant l'établissement de la caisse d'escompte, le désagrément qu'éprouvaient les joueurs d'être obligés de se charger d'or, avait fait imaginer des boîtes très-élégantes, dans lesquelles

étaient des fiches embellies de divers or-
nemens, et timbrées dix, vingt, cent louis.
Ces fiches étaient des espèces de billets
de banque payables au porteur. Une
dame dont le mari jouait beaucoup, fit
faire une de ces boîtes, et la lui envoya.
Quelle fut la surprise de l'époux en l'ouvrant, lorsqu'au-lieu de fiches, il y trouva
le portrait de sa femme en miniature,
avec celui de ses deux jeunes enfans, et
ces mots au bas : *Songez à nous !*

La femme d'un joueur vint, la mort
dans les yeux, chercher son mari qui
jouait depuis deux jours. « Laissez-moi,
s'écria-t-il, je vous reverrai peut-être.....
après demain. » Le malheureux! il fut
de retour plutôt qu'il ne l'avait promis.
Sa femme était couchée, tenant à la ma-
melle le dernier de ses fils. « Levez-vous,
madame, lui dit-il, levez-vous, le lit où
vous êtes ne vous appartient plus : j'ai
perdu tout ce que je possédais. »

Ne dissimulons pourtant pas qu'au
milieu

lieu des ruines , des catastrophes affreuses occasionnées par la passion du
jeu , il est quelques exemples de personnes qu'elle a enrichis. Mais si quelqu'un tombait du haut d'une maison
sans se blesser , en faudrait-il conclure
qu'il n'y a aucun danger à faire cette
chûte périlleuse ? C'est cependant de la
sorte que raisonneraient ceux qui se lais-
seraient séduire par les deux anecdotes
suivantes.

Après s'être laissé dépouiller de tout
l'argent qu'il possédait, dans une aca-
démie de jeu , un jeune homme s'amusait
à faire sauter en l'air une orange, seul
bien qui lui restait ; un joueur lui demanda s'il voulait la donner pour un petit écu ; il accepta la proposition , et
courut de nouveau exposer ses trois livres
aux caprices de l'aveugle hasard. Mais
pour le coup il lui fut favorable : non-
seulement il regagna ce qu'il avait perdu;

3.

9

mais encore une somme très-forte. Que
d'obligations n'eut-il pas à une orange!

L'autre exemple de bonheur est beaucoup plus extraordinaire. Venu à Paris
pour entrer dans un corps militaire, un
jeune homme se trouva dans une telle di-
sette d'argent, qu'un de ses amis fut contraint de lui prêter douze francs pour
qu'il pût acheter une paire de bas de
soie, afin de se présenter d'une manière
plus décente. Comme il allait faire cette
emplette indispensable, le hasard le
conduisit devant une maison où l'on donnait à jouer. Une violente tentation lui
prit d'y entrer; et à la vue des monceaux
d'or qui s'élevaient et disparaissaient sur
les tapis verds, une tentation non moins
vive le saisit de risquer les douze francs
qui lui étaient si nécessaires. Son audace
eut tout un autre succès qu'elle méritait;
il gagna ce soir-là cinq cents louis. Il ne
se vanta point à son ami de cette bonne
fortune, et retourna le lendemain tenter

le sort, qui le favorisa au point de lui faire gagner six cents mille livres. Le duc de ***, qui les avait perdues sur sa parole, le pria de venir dîner chez lui le lendemain, et offrit de faire de cette somme une rente viagère au denier dix: La proposition fut acceptée, le contrat dressé tout de suite ; et l'heureux jeune homme s'en étant fait donner une expédition, vint la montrer à son ami, qui eut bien de la peine à croire que douze francs eussent produit dans trois jours plus de soixante mille livres de rente.

Tout Paris a vu pendant plusieurs années, dans les jardins publics, un homme qui demandait l'aumône, en disant qu'il avait perdu au brelan, d'un seul coup, cent mille écus. « J'avais, ajoutait-il, brelan d'as (et il montrait trois as dans son chapeau, qu'il conservait en mémoire de sa fatale aventure); auriez-vous tenu ? » On lui répondait oui. « Eh bien, ajoutait-il en poussant un profond soupir, je trouvai brelan quatrième de huit. »

Louis XV jouant à ce même jeu de brelan, il lui en vint un de rois; ce qui lui fit dire à un seigneur de sa cour qui avait un brelan carré de valets : « Vous avez perdu; trois rois et moi font quatre.» (Il faisait allusion au tricon ou brelan carré.) Mais le seigneur, qui tenait en main un brelan carré, dit aussitôt : « Sire, votre majesté n'a point gagné, quatre valets et moi font cinq. »

Des personnes fort honnêtes, du moins selon le monde, ne se font point scrupule de tricher au jeu. Un financier jouait douze mille francs au piquet avec le chevalier de***. Celui-ci jugea qu'il pouvait faire capot son adversaire, et le gagner, s'il lui persuadait qu'il avait trois valets, dont cependant il en avait écarté un; en conséquence du coup qu'il médite, il jette sa première carte, et compte vingt-trois. Le fermier-général le prie d'expliquer son point; il recommence à compter son jeu, et y ajoute trois valets.

Le financier observe qu'il ne les a point nommés avant de jouer sa première carte. M. de*** soutient le contraire, et offre de parier cent pistoles. La proposition est acceptée : les spectateurs condamnent le chevalier de***, qui, affectant une sorte de dépit, continuant à jouer les cartes, fit capot le fermier-général, parce qu'il garda l'as du valet que son adversaire, plus fin que lui, avait écarté.

Autrefois il fallait au jeu se défier surtout de la plupart des femmes de qualité. Une d'elles jouant au vingt-un, demande quarte; celui qui tenait la main lui donne un dix, qui avec un sept et un cinq qu'elle avait, formait vingt deux; mais en mettant le pouce sur le point du milieu du sept, elle s'écrie brusquement vingt-un : le banquier, peu défiant, sans examen lui paie trois louis. Un Anglais qui, derrière cette femme, jouait cinquante louis sur les mêmes cartes, ne

voulant point être de moitié dans la friponnerie, dit au banquier, en lui poussant son argent : *Pour vous, monsir,
pour vous.* — Quoi! dit le banquier,
n'avez-vous pas vingt-un ? — *C'est Ma-
tame*, répond l'Anglais, *qui a vingt-
un, pour moi j'ai vingt-deux.*

Le fameux joueur Destival, ayant perdu quatre cents mille francs chez l'ambassadeur de Venise, en 1772, la société
crut qu'il allait quitter la partie ; mais
sans rien perdre de son sang-froid, il
appelle un de ses gens, et lui dit à haute
voix : *Vas chercher mon grand sac.*
On s'imagina que c'était encore une forte
somme qu'il voulait exposer aux caprices
de la fortune, et on lui proposa de continuer à jouer sur sa parole. Il parut ne
céder qu'aux instances de la compagnie,
regagna tout ce qu'il avait perdu, et
cent quatre-vingt mille francs en sus.
Alors le grand sac arriva ; mais quelle
fut la surprise des joueurs, de voir un

sac de peau d'ours, où M. Destival avait coutume de mettre ses jambes, quand il ressentait des douleurs de goutte!

Si l'on se permet de tricher dans les maisons particulières, à plus forte raison emploie-t-on mille ruses dans les académies de jeu, pour plumer les dupes. Il est inconcevable comment d'honnêtes gens peuvent aller jouer dans de pareils lieux, sans considérer qu'ils se compromettent aux yeux de la Police, et exposent leur fortune à devenir la proie des frippons. Dans ces maisons funestes, quand l'escroc se trouve aux prises avec un novice, il a grand soin de cacher les subtilités de son jeu, et de laisser gagner les premières parties. Mais c'est aux paris que l'on y dupe surtout les gens simples : l'escroc, assis autour d'un tapis vert, a des camarades qui le regardent jouer ; ils gagent pour lui, et partagent ensemble le gain qu'ils font sur les spectateurs faciles ou trop avides.

Les bréteurs de profession, dit l'auteur de *la Magie Blanche dévoilée*, reconnaissent un certain point d'honneur qui les empêche de se battre deux ou trois contre un, tandis que les chevaliers d'industrie sont quelquefois une douzaine pour égorger une victime, et pour partager les dépouilles de celui qui tombe dans leurs filets. L'un lie amitié avec les garçons-servans du tripôt, et les soudoie pour substituer des cartes marquées aux cartes ordinaires : l'autre n'a d'occupation que d'inventer de nouveaux piéges, et d'emmener des dupes en les leurrant de belles promesses : un troisième fabrique toutes sortes de cartes qu'on peut reconnaître à l'œil et au tact ; il en fait de rétrécies ou de raccourcies en les rognant d'un côté, de rudes en les frottant de colophane, de rembrunies avec de la mine de plomb, et de glissantes avec du savon et de la térébenthine : un quatrième s'exerce continuellement à faire sauter la coupe, à faire de faux mélanges

et à filer la carte , c'est-à-dire , à do.
adroitement la seconde ou la troisièn.
au-lieu de la première , quand il s'apperçoit , par une marque extérieure de
celle - ci , qu'elle serait assez bonne
pour faire beau jeu à celui dont on a
conjuré la ruine. Celui-ci se place
constamment derrière le joueur dupé ,
pour faire *le petit service :* expert dans
l'art des signaux , il change à chaque
instant les différentes positions de ses
doigts, pour faire connaître à son com-
plice les cartes que ce dernier n'a pu
distinguer au tact et à la vue. Celui-
là , *tirant la bécassine ,* s'associe avec
un nouveau débarqué , fait avec lui
bourse commune , joue contre un troisième , avec lequel il est d'intelligence ,
perd tout son argent , en affectant de
paraître au désespoir , et se réjouit secrètement de la bonne part qui doit lui revenir. Enfin , il y en a un qui fait l'office
de contrôleur , en tenant registre de
tout l'argent que les *receveurs* mettent

9 *

dans leurs poches pour les empêcher
d'en escamoter une partie à leur profit ,
et les obliger par là de rendre un fidéle
compte à la compagnie des *cocangeurs*.

Un Italien imagina une ruse fort
simple , dont cependant on ne s'apperçut que quand il eut fait bien des dupes.
Cet Italien avait une tabatière d'or ,
unie sur les bords; lorsqu'il se présentait
quelques coups décisifs , il prenait une
prise de tabac , et posait sa boîte assez
négligemment sur la table. Le moindre
reflet de la tabatière lui suffisait pour
reconnaître les cartes qu'il distribuait;
et il jouait par ce moyen à coup sûr.

Il existe , dans toutes les grandes villes,
et principalement à Paris , des gens qui
n'ont d'autre moyen de subsister que
leur adresse à corriger au jeu les caprices
de la fortune. Ces joueurs trop habiles ,
et de mauvaise foi , sont appelés *Grecs* ,
nom qu'ils se sont eux - mêmes donné ,

pour écarter le nom odieux de *Frippon*,
et parce que les anciens Grecs, naturellement fins et rusés, cherchaient souvent à faire des dupes.

Quand viendrez-vous donc jouer chez
moi, disait un *Grec* à un jeune homme
qu'il voulait attirer dans ses filets, et
dont il ne croyait pas être connu? Je m'y
rendrai, répliqua le jeune homme, quand
j'aurai votre *adresse*.

Deux *Grecs* de Paris envoyèrent
chercher un riche marchand de soierie,
et lui dirent qu'ils étaient des négo-
cians flamands, et qu'ils avaient besoin
de belles étoffes de Lyon au moins pour
dix mille francs. Le marchand, enchanté,
retourna tout de suite à son magasin,
d'où il fit apporter avec lui ce qu'il avait
de plus magnifique, et d'un meilleur
goût. Le choix fut bientôt fait, et le
marché conclu. Dans cet intervalle, on
servit le dîner. Le marchand de soierie

pressé de se mettre à table , y consentit.
A peine eût-on desservi , qu'il entra un
troisième Grec , qui dit à l'acquéreur des
étoffes : « Eh bien , voulez-vous que je
vous donne votre revanche ? — Volontiers , répondit l'autre ; qu'on apporte des
cartes. Monsieur, ajouta-t-il en s'adressant au marchand , cet homme est un
négociant de mon pays , qui me gagna
hier deux mille écus. Si vous étiez heureux, nous jouerions de moitié ; cela cor-
rigerait la fortune , et, en ce cas, vous
tiendriez les cartes. » Le marchand
eut la faiblesse d'accepter la proposition ,
et aussitôt on en vint aux prises. En moins
de deux heures, ce marchand perdit dix
mille francs. Alors le Grec qui le gagnait
fit une pause. « Monsieur, dit-il au marchand , comme je ne sais avec qui j'ai
l'honneur de jouer, et que voilà une
somme assez considérable de perdue ,
vous me permettrez de vous demander
qui me paiera ? — Allez, reprit l'autre
Grec, je fais bon pour Monsieur; je vous

réponds de tout ce qu'il perdra ; je lui dois dix mille francs pour des étoffes qu'il m'a vendues et livrées. — Ceci est clair, ajouta le Grec qui avait fait l'objection ; reprenons les cartes, je vais continuer. » Il continua en effet, et le marchand perdit, non-seulement ses étoffes, mais encore tout l'argent qu'il avait sur lui.

Deux autres Grecs voulaient lier partie avec un médecin fort riche, et qui aimait passionnément le jeu, mais si occupé de ses malades, qu'ils n'avaient pu le joindre, malgré toutes les ruses qu'ils avaient employées. Enfin, l'un des deux frippons s'avisa de faire le malade, et envoya de grand matin chercher l'Esculape. Celui-ci le trouva effectivement au lit, lui tâta le pouls, ordonna une purgation ; mais c'était lui-même qu'on voulait purger. Il promit de revenir le soir ; et lorsqu'il arriva, un pharaon était établi ; on n'y jouait qu'avec de l'or, et la banque était de deux cents louis. Le prétendu

malade dit au médecin, après l'avoir en-
tretenu de l'indisposition qu'il feignait
d'avoir : « Vous avez la physionomie heureuse; voudriez-vous me faire le plaisir
de jouer dix louis pour moi? — Très-
volontiers, répondit le docteur. » Notre
Grec lui donna les dix louis, et aussitôt
il se mit à jouer. En moins d'un quart-
d'heure il gagna cinquante louis; il les
compta au malade, en lui témoignant
qu'il avait eu plusieurs fois envie de lui
proposer d'être de moitié. — Ah! mon
Dieu, monsieur le médecin, que n'avez-
vous parlé! j'aurais été charmé de partager avec vous ce petit profit. Mais ce
qui est différé n'est pas perdu; vous
n'avez qu'à revenir demain à la même
heure; ces Messieurs seront ici, et nous
jouerons ensemble ce que vous voudrez.
Le docteur n'y manqua pas. Il s'associa
avec son malade, qui se portait assez bien
pour être autour de la table. On laissa
d'abord gagner quelques louis au médecin; mais dans peu la chance tourna;

il perdit ce jour-là et les suivans, vingt à trente mille francs, qu'il avait gagnés à force de courses et d'ordonnances.

Il ne faut pourtant pas s'imaginer que les filouteries des Grecs réussissent toujours. Trois de ces rusés personnages logeaient dans un même hôtel-garni, avec un jeune provincial, venu à Paris pour recueillir une riche succession. Ils résolurent de changer les intentions du testateur, en s'appropriant une partie de cet héritage. Un soir, ils proposèrent au provincial de jouer. Celui-ci, qui avait des affaires pressentes pour le moment, demanda que la partie fût remise au lendemain, ce qui fut accepté de bon cœur de la part des Grecs. Ils s'assemblèrent même une heure avant le temps marqué pour le rendez-vous, dans la chambre où était dressée la table de jeu, et délibérèrent de quelle manière ils gagneraient le provincial. Il fut décidé qu'on jouerait au brelan, et que, pour écarter tout soup-

çon, on lui ferait gagner, au commencement, cent louis ; ils avaient d'ailleurs
éprouvé que les dupes se livrent toujours
au jeu avec plus d'ardeur, attirés par cet
appât. Le projet était bien concerté, et
ne pouvait manquer de réussir; mais le
provincial, qui était rentré dans l'hôtel
sans qu'on s'en doutât, entendit cette
conversation d'une chambre voisine. Il
forma le dessein de duper ceux qui en
voulaient à sa bourse. Une demi-heure
après, il se rendit dans la salle, se mit
au jeu, et lorsqu'il eut gagné les cent
louis, son laquais, qui avait le mot, vint
lui dire qu'une personne voulait lui parler. Il sortit, et alla loger ailleurs.

Toutes les fois qu'un Grec, qui jouait
au piquet avec un vieux militaire, desirait avoir beau jeu, il mouchait la chandelle et escamotait le talon. L'officier s'apperçut enfin de cette manœuvre, et pria
l'escroc de ne point se donner de peine
pour lui faire voir clair, parce qu'il re-

marquait qu'à chaque fois qu'il redoublait l'éclat de la lumière, il n'avait point d'as. Le Grec se retint quelques momens ; mais à la fin d'une partie décisive, ayant très-mauvais jeu, et ne lui fallant pas moins que les huit cartes du talon pour le raccommoder, il prit de nouveau les mouchettes, et dit au capitaine : « Je vous demande pardon, Monsieur, mais c'est une vieille habitude que j'ai prise au piquet de moucher les lumières. — Et moi, dit le militaire, en l'arrêtant sur le fait, comme il escamotait le talon, c'est aussi un usage que j'ai de moucher ceux qui me volent au jeu. » En même-temps il tira de sa poche un pistolet, et lui brûla la cervelle.

Combien de crimes et de suicides occasionnés par la passion du jeu ! Un épicier, père de famille, dont on venait de protester un effet de deux mille francs, portait à son créancier huit cents livres en à compte ; il passe par les galeries du

Palais-Royal, où on lui donne une carte contenant l'adressse d'une maison de jeu. Frappé de l'espoir de compléter la somme qu'il devait, il s'élance dans ce lieu funeste. Une demi-heure suffit pour détruire ses espérances; il perd ce qu'il allait remettre à son créancier. Il sort troublé, hors de lui. Près le guichet de la rue Saint-Thomas-du-Louvre, il se précipite dans la Seine.

Un des malheureux que l'horrible frénésie du jeu entraîna dans les tripôts, en l'an 7, y rencontra un ami (Hédelin, courtier de change), dont il savait que le portefeuille était bien garni. Il lui dit en confidence que, lors de la révolution, la crainte d'être pillé par des brigands l'a déterminé à enfouir dans le bois de Vincennes, à tel endroit, une somme assez considérable, qu'il n'a pas été chercher encore, mais qu'il croit pouvoir reprendre, dans un moment où tout est calme. Hédelin, extrêmement crédule,

consent, sur les instances de son prétendu ami, de l'accompagner au lieu
désigné. Ils partent sur le soir, parce
qu'il ne fallait point être vu; ils arrivent
dans un endroit écarté. Quel est l'étonnement et l'effroi du trop confiant Hédelin, lorsqu'il entend ces mots : « J'ai
perdu tout mon argent au jeu; j'ai pris à
M. de Liancourt trois quittances de finance ; il faut que tu me fournisses les
moyens de remplir ce vol, ou je te tue. »
Hédelin, étourdi de cette apostrophe,
garde un moment le silence, et ne sort
de la stupeur où il était plongé, que pour
rappeler son ami à des sentimens d'honneur ; mais ses remontrances sont vaines ;
lorsqu'il lui dit qu'il ne peut satisfaire
à sa demande, il sent un poignard qui lui
perce le flanc, et qu'une main furieuse
retourne dans la blessure. Sans doute que
l'assassin avait fait cette blessure moins
profonde qu'il ne croyait; il s'en apperçoit aux efforts que fait sa victime pour
défendre un reste de vie ; alors il tire

un pistolet de sa poche ; mais la balle
effleure le bras d'Hédelin et le blesse à
peine ; un autre coup part et ne l'atteint
pas ; alors il se précipite sur le malheureux qu'il veut absolument assassiner et
voler. Un cavalier , attiré par les coups
de pistolet qu'il a entendus , accourt au
bruit. Hédelin, couvert de blessures et
de sang, a assez de force pour monter
en croupe derrière lui; mais l'assassin
saisit la bride du cheval , et menace d'un
autre pistolet le cavalier ; Hédelin est
contraint de descendre , le cavalier fuit ,
un coup de feu part sans l'atteindre. La
lutte recommence; Hédelin , quoiqu'é-
puisé par le sang qu'il perd , vient à bout
d'arracher un nouveau pistolet, qu'on
lui présente sur la poitrine ; il essaie de
faire feu , mais sans succès ; les forces
lui manquent ; enfin il succombe sous les
coups redoublés dont son meurtrier l'accable. La voiture d'un coquetier passe ;
celui qui la conduisait accourt aux cris
qu'il entend ; l'assassin, qui avait déjà

volé en partie Hédelin, n'ayant plus d'armes chargées, et craignant que les clameurs du nouveau venu ne le fissent arrêter, prend la fuite et abandonne sa victime expirante. Le voiturier charge le malheureux Hédelin sur sa charrête, et le transporte dans une auberge, où l'on fait aussitôt venir un chirurgien. On le rappelle au sentiment de l'existence, et il vit assez pour faire le récit affreux qu'on vient de lire. L'assassin était un secrétaire du ci-devant duc de Liancour, et venait de lui voler trois quittances de finance, chacune de douze mille livres, qu'il avait eu le désespoir de perdre au jeu.

Combien il est de femmes qui jouent jusqu'à leur honneur, ou jusqu'à celui de leurs maris! Madame de ***, après des pertes continuelles, qui la forcèrent de mettre ses diamans en gage, n'osant plus recourir à la complaisance de son époux, se vit dans la cruelle nécessité

de prêter l'oreille aux propositions dé-
shonnêtes d'un homme dont elle avait
toujours méprisé les soupirs et l'argent.
A peine eût-elle cessé d'être estimable
à ses propres yeux, qu'elle se fit horreur, que le jeu lui parut la source de
tous les crimes, et qu'elle résolut de ne
point survivre à sa vertu; l'infortunée s'é-
trangla avec une tresse de ses cheveux,
après avoir écrit une lettre très - touchante à son mari.

Madame de S***, jeune et jolie, était
une joueuse déterminée. Le fameux Financier Bo.ret fut frappé de ses charmes, et sachant que la passion du jeu
fait éprouver de grands besoins d'argent,
il osa lui offrir mille louis, à condition
qu'elle aurait pour lui des bontés. Il fut
refusé avec hauteur. Mais des pertes continuelles mirent Madame de S *** au
désespoir; ne sachant à qui avoir recours, elle se ressouvint de la générosité du Financier. Après avoir long-temps

combattu, soupiré, gémi, elle lui écrivit une lettre charmante, dans laquelle elle lui disait, avec autant d'esprit que de sentiment, qu'elle éprouvait qu'il était impossible de lui résister, et qu'elle avait un pressant besoin de mille louis. Vous croyez que Bouret va voler aux genoux de sa belle conquête, avec la somme promise; eh bien, vous êtes dans l'erreur. Il ne répondit que cette seule phrase à la galante missive : « Ce que je vous demandais, Madame, n'avait aucun prix; je n'en puis mettre aucun à ce que vous m'offrez. »

Un autre financier, grand spéculateur, prêta cinq cents louis à une femme joueuse et beaucoup plus pourvue d'attraits que de fortune, et comme il mettait un ordre infini dans ses affaires, il exigea un billet payable à une époque déterminée. Au bout de quelques jours, la dame crut devoir lui prouver sa tendre reconnaissance, et se flatta d'autant

plus de s'être acquittée, que le riche
Midas revint souvent jouir d'un bonheur
dont il paraissait goûter tout le prix.
Mais, l'échéance du billet étant arrivée,
quelle fut sa surprise, de voir entrer le
valet-de-chambre du Crésus, qui lui
demanda le paiement de son obligation!
Je m'expliquerai avec votre maître, lui
dit-elle. Le financier vint lui-même.
« Je suis fort étonnée, mon cher ami,
dit-elle au Crésus avec tendresse, que
vous exigiez le paiement d'une bagatelle,
après tout ce que j'ai fait pour vous. —
Ah! Madame, répondit-il, je vous respecte
trop pour avoir cru vous acheter; je n'ai
touché que les intérêts. »

Dans un cercle de jeu, une belle comtesse, après avoir perdu son argent,
maudissait le sort. Un jeune magistrat
de province, qui se trouvait auprès d'elle,
lui offrit galament sa bourse; elle accepta vingt-cinq louis, et les perdit; vingt-
cinq autres ne tardèrent point à les
suivre.

suivre. Furieuse, elle sortit pour se rendre chez elle ; son carrosse n'était point
arrivé; le président s'offrit de la conduire,
elle y consentit. Arrivé à l'hôtel, il lui donna la main jusqu'à l'appartement. « Ah !
Monsieur, dit-elle au magistrat, en se
jetant sur un sopha, il est des jours bien
malheureux! j'ai perdu aujourd'hui, outre
les cinquante louis que je vous dois, cent
autres que j'avais sur moi; c'est une imprudence que je ne me pardonnerai jamais. Je suis au désespoir, car je ne sais
pas trop quand je pourrai m'acquitter
avec vous. » Le jeune magistrat lui dit
qu'elle avait tort de s'inquiéter, qu'il
avait encore cent louis à son service. La
comtesse le prit au mot, et voulut lui
faire son billet de toute la somme ; il le
refusa; elle était belle ; il tint de tendres
discours qui firent comprendre à la dame
qu'un moment de complaisance l'acquit-
terait, et elle jugea à propos de se rendre.
Le magistrat se retira, transporté de sa
bonne fortune. Quelques jours après, il

3   19

se fit annoncer chez son aimable joueuse:
Un domestique en vain le nomma ; la
comtesse ne le connaissait point. On le
fit entrer cependant ; il crut qu'en le
voyant, la dame se rappellerait au moins
ses traits ; il se trompa. Enfin, pressé de
dire qui il était, il s'avança près de la
comtesse, et lui dit qu'il était celui qui
avait eu l'honneur de la reconduire le jour
où la fortune lui avait été si contraire.
« Eh ! que ne disiez-vous cela d'abord,
lui dit-elle ! Nous autres femmes de qualité, nous ne faisons nullement attention
à certaines choses; c'est pour nous comme
une prise de tabac. »

Voici la plus singulière partie de jeu
dont on ait peut-être jamais entendu parler. Madame de *** était une de ces co-
quettes autrefois si communes à la cour
et à la ville, et qui ne se piquent pas
plus d'être fidelles à leurs amans qu'à
leurs époux. Elle avait une nuit donné
rendez-vous au chevalier de B***, nouvel

adorateur de ses charmes , lorsqu'un
fâcheux survint tout-à-coup , et troubla les plaisirs qu'elle s'apprêtait à
goûter. Quel était donc cet importun ?
— L'époux sans doute ? — Point du tout,
il était alors en Amérique : c'était un ancien amant favorisé, le baron de V*** ;
mais qui était presque oublié, parce que
son amour durait depuis huit grands jours.
Les deux rivaux se rencontrèrent en riant.
« Il serait trop commun, dit le nouvel arrivant, de se couper la gorge pour notre
maîtresse ; cherchons quelque moyen
moins usité de décider auquel de nous deux
elle restera cette nuit. » Après beaucoup
de plaisanteries, dont madame de *** était
l'objet tranquille, le chevalier et le baron
convinrent de jouer les bontés de cette
femme dans un cent de piquet. Certaine
de ne point manquer de compagnie,
madame de *** se mit au lit, tandis qu'un
heureux hasard allait décider de ses
faveurs. Le baron fit quarante-cinq
points dans le premier coup, et paro-

diant la scène d'Aldobrandin dans le *Magnifique*, il s'écriait à chaque instant: *J'ai déjà quarante-cinq points sur les faveurs qui me sont promises.* Mais ces transports de joie durèrent peu ; un repic fit passer le chevalier au comble du bonheur , et lui adjugea madame de *** , qui lui dit le lendemain, qu'il ne savait se distinguer qu'au piquet.

———

CHAPITRE XXXVII.

Mauvaise conduite de la plupart des jeunes gens.

LE jeu et les femmes sont les principales causes de la mauvaise conduite des
jeunes gens : c'est de-là que dérivent
ordinairement leurs désordres et leurs
vices. D'ailleurs la capitale de la France
est un dangereux séjour pour les cœurs
livrés à tout le feu des passions.

Le fils d'un duc et pair, gentilhomme
de la chambre, ne pouvant posséder une
jeune personne qu'il aimait, parce que les
parens avaient toujours les yeux ouverts
sur sa conduite, s'avisa de faire mettre
le feu à la maison qu'elle habitait, et pro-
fitant du trouble qu'occasionna l'incen-
die, il enleva la belle, et la conduisit

dans un des faubourgs de Paris, où il l'entretint pendant quelques années.

Un des plus grands seigneurs d'autrefois fit enlever une très-jolie femme, épouse d'un perruquier, au sortir d'un des principaux théâtres de la capitale. Le mari fit en vain tout son possible pour ravoir sa chère moitié. Le prince le manda et lui dit . « Mon ami, croyez-vous que votre femme ne vous eût pas fait d'infidélité ? si cela devait vous arriver, ne vaut il pas mieux que ce soit en ma faveur, que pour un de vos garçons ? n'ayez point de sots préjugés bourgeois ; imitez les gens raisonnables : j'aurai soin de vous, de votre fortune, et je serai le parrein de l'enfant dont votre femme est enceinte. — Faites-moi donc encore une grâce , Monseigneur , repondit lé perruquier, soyez aussi le père de cet enfant ; car je vous jure qu'il est le fruit de vos œuvres. — Soit , reprit en souriant le prince. Pour vous, je vous fais mon secrétaire ordinaire. Mais, Monseigneur, je ne sais pas écrire. — Vous apprendrez à signer votre nom. Allez , dit l'altesse, vendez votre charge de perruquier, et choisissez-vous une jolie maîtresse. — Oh! Monseigneur, répondit le perruquier, cela est déjà fait.

CHAPITRE XXXVIII.

Aventure nocturne.

Le chevalier d'Arcise sortait d'une orgie très-bruyante, accompagné de trois de ses amis ; ils se trouvaient tous ensemble à pied, au milieu de la rue, dans une nuit d'hiver fort obscure, et par un temps affreux. « Qu'allons-nous devenir, cria d'Arcise à ses compagnons, tous aussi mouillés qu'il l'était lui-même ? Il n'est que deux heures sonnées ; nous coucherons-nous à l'heure qu'il est comme de petits bourgeois ? Ecoutez, il me vient une excellente idée : il pleut à verse, nous sommes crottés en chiens barbets.... parbleu, allons au bal de l'Opéra, faits comme nous sommes ; ce bisarre équipage nous épargnera la peine de nous masquer. » La proposition parut de la dernière extravagance , et fut acceptée avec transport. Cependant on desirait un carrosse, quand la troupe joyeuse entendit tout-à-coup le bruit d'une voiture. « Est-ce un fiacre que le ciel daigne nous envoyer ? s'écrièrent-ils d'une commune voix. — Oui , Messieurs , j'en suis un pour mes péchés (répondit le cocher, qui pouvait à peine faire mouvoir deux rosses étiques, régalées en vain de plusieurs coups de fouet); je suis chargé; mais si vous voulez me suivre , je ne vais qu'à quatre pas, et vous pourrez me faire rouler tout le reste de la nuit. — Voyons quels sont ceux qui se donnent les airs d'être en voiture, tandis que nous sommes à pied, reprit le chevalier d'Arcise ; ils seront peut-être assez polis pour nous céder leur place. » Alors cette jeunesse pétulante saisit les rênes des fantômes de chevaux, et le chevalier ouvre la portière, alonge le bras, tâte légèrement : Oh ! oh ! mes amis, dit-il, je sens des meubles ; voici, je crois, des paillasses ou des mate-

10 *

las ; c'est un déménagement nocturne ;
gardons-nous de le troubler. Puisque ce
maraud nous assure qu'il va tout près
d'ici, suivons-le jusqu'à l'endroit où il
doit s'arrêter. » Il referme la portière, et
le cocher continue à fouetter ses hari-
delles, dont le plus grand trot égalait à
peine le pas ordinaire d'un homme à
pied. La voiture s'arrêta devant une petite
porte qui servait d'entrée à une allée
longue et obscure même en plein jour,
dans laquelle le chevalier, trop serré
contre le mur, fut contraint de se jeter.
L'épaisseur des ténèbres empêchant de
l'appercevoir, le cocher descendit de
son siége, et se mit en devoir de tra-
vailler à débarrasser le carrosse. Alors la
portière s'ouvrit, un homme sauta promptement à terre, portant sur ses épaules
un paquet dont il heurta rudement le
chevalier, en le posant à quelques pas de
lui. D'Arcise fut heurté et froissé de la
sorte, tant qu'il y eut quelque chose
dans la voiture, et n'eut pas la force de

s'en plaindre, parce que la frayeur lui
ôta l'usage de la voix, quand il s'apperçut, avec autant de surprise que d'horreur,
que les prétendus meubles n'étaient
autre chose que des cadavres, à demi
enveloppés dans des vieux lambeaux de
toile. Tantôt il recevait un coup de pied
d'un des morts; tantot il sentait une
main glacée lui passer sur le visage.
Saisi d'horreur, il se tenait collé contre
la muraille, il se faisait le plus mince
qu'il lui était possible. L'homme sorti du
carrosse, avait à la main une lanterne
sourde, qu'il ouvrait par intervalles; et
ne croyant pas qu'il y eût quelqu'un dans
l'allée, il n'examinait heureusement que
son horrible fardeau. Ce fut à la lueur
vacillante de cette lanterne sourde, que
d'Arcise découvrit les tristes objets dont il
était environné : ce qui redoubla son effroi, fut de voir le cadavre d'un enfant,
qui, à son visage rouge et enflammé, paraissait fraîchement étranglé. La mauvaise mine de l'assassin redoublait encore

les terreurs du chevalier; cet homme avait
tout l'air d'un coupe-jarret ; son œil était
hagard , et sa physionomie dure et féroce.
D'Arcise découvrit même sous son ample
redingotte , des épées et des poignards.
Le cocher l'aidait à décharger la voiture,
et ils plaisantaient ensemble sur les cadavres qu'ils jetaient dans l'allée. « Celui-
ci est presque encore tout chaud , disaient-
ils. En voilà un qui paraît avoir été bien
robuste; il n'a pas quitté la vie sans
peine. »

Le chevalier parvint enfin à pousser
un cri de frayeur; ses amis, qui se tenaient de l'autre côté de la rue, l'entendirent, et se hâtèrent de voler à son secours; ils mirent l'épée à la main, déran-
gèrent un peu les chevaux qui leur
fermaient le passage, et se précipitèrent
dans l'allée où d'Arcise croyait toucher
à sa dernière heure. Comme le particulier venait d'ouvrir sa lanterne, ils furent
d'abord interdits de l'affreux spectacle
qui s'offrit à leurs yeux. « Vous voyez,

s'écria le chevalier, un infâme assassin, qui vient cacher ici les meurtres qu'il a faits. Ce misérable cocher, en le secondant, ose partager ses crimes. » A ces mots, les jeunes gens leur sautent au collet. « Ah! Messieurs, ayez pitié de moi, s'écria l'homme descendu du fiacre; je vais découvrir la vérité. Je suis un pauvre étudiant en chirurgie; j'ai déterré ces cadavres pour les disséquer, moi et plusieurs de mes confrères. Tout est si cher actuellement, qu'il n'y a pas jusqu'aux corps morts, que nous n'achetions autrefois des fossoyeurs que douze à quinze francs, qui ne nous coûtent aujourd'hui plus du double de leur valeur. Cet honnête cocher a bien voulu m'aider, moyennant un écu de six livres. Vous voyez que mon crime est excusable, puisque je ne trouble la cendre des morts que pour procurer la santé aux vivans. Cependant il est bon que l'on n'en sache rien, parce que l'on pourrait me tenir quelque temps en prison. — Et ces poignards qui sont cachés sous votre redingotte? (dit le chevalier, remis de sa frayeur, mais un peu piqué de n'avoir eu qu'une terreur panique).Hélas! répondit l'élève deSaint-Côme, ce sont des instrumens de chirurgie, que je porte à notre amphithéâtre. »

CHAPITRE XXXIX.

Gageures bisarres ; extraordinaires.

On a vu souvent, avant la révolution, des gageures fort extraordinaires entre les jeunes seigneurs de la cour. L'un d'eux paria de faire à cheval un certain nombre de fois le tour d'un jardin portant un homme debout, sur les épaules, et d'aller beaucoup plus vîte qu'un autre qui le suivrait à pied.

Un jeune courtisan paria de se déguiser et de se tenir deux heures consécutives sur le Pont-Neuf, avec une petite table devant lui, couverte d'écus de six francs tout neufs, qu'il offrirait à tous les passans à vingt-quatre sous pièce, sans pouvoir se défaire de sa marchandise. Il eut beau en effet crier : *à vingt-quatre sous les écus de six livres* , personne n'eut envie de profiter du bon marché, parce qu'on les croyait faux. Il se présenta pourtant un acheteur , qui , après avoir bien examiné , fit emplette d'un seul écu , pour lui servir de pièce de crédit. Curieux de savoir s'il pouvait y avoir pour une douzaine de sous d'argent , il entra chez un orfèvre , et il fut surpris de la réponse qu'il reçut. Il courut au plus vite sur le Pont Neuf pour acheter toute la marchandise du plus singulier vendeur dont il eût entendu parler ; mais l'heure prescrite par la gageure étant sonnée , il venait de disparaître avec son fonds de boutique.

Voici une gageure aussi bisarre , mais d'un autre genre. Deux jeunes seigneurs parièrent d'aller à cloche-pied du pont tournant des Tuileries , de la place Louis XV , jusqu'à la grille de Versailles. Ils n'eurent pas plutôt fait l'essai de cette nouvelle manière de voyager , qu'elle

leur parut fort incommode ; ils se que-
rellèrent, mirent l'épée à la main, et l'un
des deux fut légèrement blessé : ce qui
donna presque un dénouement tragique
à cette plaisante comédie.

Le comte de Genlis offrit de parier
contre le duc de Chartres, qu'il irait à
Fontainebleau en poste et en reviendrait
même, avant que le prince eût pu piquer
successivement 800 mille points sur du
papier avec une épingle ou une plume.
Mais un calculateur pouva qu'un homme,
en lui supposant toute la vîtesse possible
de la main, ne pourrait faire que 2000
et quelques points par minute, ce qui
donnerait 180 mille points dans une heure:
Il ne faut pas plus de quatre heures pour
aller à Fontainebleau et en revenir en
poste : ainsi celui qui proposa ce pari pouvait ne demander que 700 mille points,
et il aurait été encore sûr de gagner.

Comme quelques amateurs de la chasse
prétendaient que la vîtesse d'un chien

surpasse celle d'un cheval de course, le
duc de Chartres voulut en faire l'expérience; ce prince engagea un pari contre
un gentilhomme anglais, qui de tout tems
avait fait de la chasse son principal amusement; le lieu de la course, qui s'exécuta
le 7 août 1783, fut choisi non loin de
Paris, dans la prairie auprès du pont de
Saint-Maur: le pari étai qu'un lévrier
parcourrait cinq cents vingt-huit pieds
en six secondes, vîtesse supérieure à celle
de la plupart des chevaux , même britan-
niques. Mais quelqu'effort que fit le gentilhomme anglais pour faire partir son
lévrier, il ne put jamais en venir à bout:
en sorte que les spectateurs furent tous
attrapés.

Il semble que les Anglais aient voulu
faire une plaisanterie sur les étranges
gageures que se permettaient quelquefois
de jeunes seigneurs français. Un particulier de Londres paria de fournir à cheval une course de trente milles pendant

qu'un escargot parcourrait l'espace de trente pouces sur une pierre couverte de sucre en poudre. Cette course extraordinaire eut lieu à New-Market. Le pari principal était de deux cents guinées; et un grand nombre de personnes gagèrent, les unes pour le cavalier, les autres pour l'escargot. Nous ignorons quel fut le vainqueur. Peut-être le héros de la fable de La Fontaine, qui triompha de l'agilité du lièvre, remporta-t-il encore le prix dans cette occasion solennelle.

Les Anglais eux-mêmes, qu'on se représente comme de graves personnages, font souvent des gageures très-bisarres. Un homme de distinction paria une somme considérable, qu'il ferait un mille de chemin en marchant sur les pieds et les mains, et qu'il arriverait plutôt au but qu'un cheval qu'on ferait aller à reculons.

Un autre paria mille livres sterlings, avec un dédit de trois cents livres, de faire, à quatre pattes et masqué, le tour d'Hyde-Parck, portant sa femme, également masquée, sur son dos, laquelle pesait 176 livres quatre onces et demie.

Revenons aux gageures singulières faites à Paris, quoiqu'elles ne soient point tout-à-fait aussi extraordinaires que celles faites à Londres.

Un jeune homme, que nous nommerons d'Orval, afin de cacher son véritable nom, était un jour sur la porte du café Manoury, quai de l'Ecole, lorsqu'il vint à passer, dans une brouette, un autre jeune homme paré, et dont le visage annonçait une santé florissante. Il faisait beau, très-sec ; d'Orval se scandalisa de voir par un si beau temps, un jeune homme bien portant se faire traîner en brouette. « Voilà qui est impertinent, dit-il à son voisin, qui se mit à rire de son observation. — Personne, dit celui-ci, n'a droit de s'en formaliser. Qui pourrait empêcher cet homme-là d'aller en brouette? — Parbleu, moi, reprit d'Orval, car je suis piqué, et je gage dix louis. — Ah! la bonne folie, s'écria l'autre en éclatant de rire. » D'Orval insista, et à la fin son pari fut tenu. Il court sur-le-champ à la brouette, la fait arrêter, et s'adressant au jeune homme : « Pardon, Monsieur, lui dit-il, si je vous interromps; mais permettez-moi de vous observer qu'il est bien singulier qu'à votre âge, par le temps qu'il fait, et avec votre santé, vous vous fassiez traîner en brouette. — Permettez-moi, Monsieur, répondit le jeune homme fort étonné, de vous observer à mon tour qu'il est bien plus étrange encore que vous fassiez cette observation. — C'est qu'en vérité cela est bien bisarre. — Bisarre ou non, Monsieur, répliqua le jeune homme un peu impatienté, vous voudrez bien que je continue mon chemin; » et tout en parlant il se disposait à poursuivre sa route; mais d'Orval s'y

opposant : « Non, Monsieur, je ne peux
pas prendre sur moi de vous voir en
brouette par ce beau temps , et je ne le
souffrirai point. — Vous ne le souffrirez
point ! — Non, absolument, j'y suis résolu. » Les deux têtes s'échauffent. Le
jeune homme sort de sa brouette, le fer
brille aussitôt, et d'Orval reçoit un grand
coup d'épée. « Monsieur, dit alors d'Orval au jeune homme, vous êtes trop honnête assurément pour aller en brouette ,
vous qui vous portez si bien, et me laisser à pied quand je suis blessé. » A ces
mots, il entre dans la brouette, se fait
conduire chez lui, et gagne son pari.

Un Cheveau-Léger gagea cinquante
louis qu'il se rendrait en trois heures et
demie , à pied et en bottes-fortes, de
Versailles à Paris : il gagna de quatre
minutes ; mais il lui en coûta la peau de
ses talons.

Il n'est pas étonnant que les valets

imitent leurs maîtres , jusque dans les gageures extravagantes qu'ils leur voient faire. Deux fameux coureurs, l'un appelé *la Violette,* né dans le Piémont, et l'autre, *Rossignol ,* jeune Romain, se disputaient depuis long-temps sur la signification de leur sobriquet. La violette trouvait que son camarade n'était ni assez léger ni assez vîte à la course pour qu'on eût eu raison de lui imposer le nom d'un oiseau ; et Rossignol prétendait que son adversaire , à cause de sa lourdeur , méritait de porter le nom d'une plante. Pour terminer la dispute , ils se défièrent mutuellement à la course, et leurs maîtres permirent qu'ils entrassent en lice (la Violette était au duc de Bourbon , et Rossignol au prince d'Estérasy). Il s'agissait d'aller de Paris à Versailles et d'en revenir avec le plus de célérité possible. Les deux coureurs, le 22 décembre 1776, partirent, vers les huit heures du matin, de la porte de la Conférence ; et Rossignol arriva à Versailles et fut de retour

le premier : il mit cinquante-cinq minutes pour atteindre à la grille du châ-
teau, et dix-sept de plus pour le retour ;
en tout deux heures sept minutes.

Le parlement de Paris avait quelquefois à décider des causes fort singulières.
En voici une de ce genre. Deux jeunes
seigneurs s'étant rencontrés dans un
cercle, l'un dit à son ami qu'il lui trouvait un air malade, et qu'il lui conseil-
lait de se ménager et de vivre de régime,
sans quoi il courait risque de ne pas jouir
d'une longue carrière. L'autre lui soutient
que sa santé est robuste, et offre de parier qu'il survivra celui qui a la bonté
de s'alarmer sur son état. La gageure fut
acceptée, et ils passèrent un acte sous
seing privé, par lequel il fut spécifié que
le survivant hériterait du défunt, d'une
somme de cinquante mille livres. Le
chevalier de C***, qui se flattait de se
porter si bien, mourut six mois après
cette convention. Le comte de M***,
plus

plus heureux dans ses pronostics que tant
d'habiles médecins, présenta au père du
défunt l'acte du pari ; et comme on refusa
d'y avoir égard , il en résulta un procès,
que les procureurs et les avocats ne
manquèrent pas d'embrouiller , et qui
fut enfin gagné par le jeune comte de
M***, qui avait eu l'art de deviner si
juste sur l'incertitude de la vie.

On va voir qu'il est absolument nécessaire que certaines femmes parlent beaucoup, et peut-être même les hommes
aussi. Il fut question , dans une société ,
de la difficulté de garder le silence pendant quelques heures de suite, au milieu
d'une conversation vive et intéressante ,
où l'on éprouverait la plus grande envie
de communiquer ses idées. Une dame , ne
supposant pas qu'il y eût aucun risque à
courir en se taisant , paria que , dans les
circonstances exigées , elle serait trois
heures sans parler. Elle eut en effet la
force de gagner la gageure. Mais à peine

se préparait-elle à s'en dédommager amplement, que sa langue parut engourdie, et qu'elle ne put prononcer un seul mot. Qu'on se représente l'inquiétude de cette dame, et la surprise des spectateurs. Ce ne fut qu'au bout de trois jours, et peu-à-peu, que l'organe de la parole put recouvrer en elle sa volubilité ordinaire.

Un facteur de la grande poste, en 1780, gagea, le 28 avril, qu'il irait les yeux bandés de l'Ecole Militaire à l'hôtel de la Poste aux lettres. Il partit à quatre heures du matin ; il passa l'eau à la place Louis XV, dans un batelet qu'il alla chercher lui-même, sans le secours de la voix ni du batelier; parvenu aux galeries du Louvre, il indiqua la sonnette de l'Imprimerie Royale, et dans la rue Froid-Manteau il s'arrêta vis-à-vis un marchand de vin dont il était connu, et demanda un verre de vin. Il était suivi et précédé des parieurs, et arriva en triomphe à dix heures au terme de sa pénible marche.

Au mois de brumaire an VIII , il se fit à Paris une course à cheval d'un genre tout nouveau. François Herbelet , marchand de chevaux à Bruxelles, et Simon , marchand de chevaux à Paris, firent une gageure , qu'en partant de la place de la révolution (de Louis XV), Herbelet monterait son cheval en sens contraire , c'est-à-dire, la face et le corps tournés vers la croupe , et qu'il irait aussi vîte que Simon monté à l'ordinaire. Ils partirent ensemble de la place de la révolution , à toute bride. Herbelet arriva au but désigné près d'un demi-quart d'heure avant son adversaire , et gagna le pari.

Ce qu'il y a de singulier, c'est que cette bisarre gageure fut presque imitée en Angleterre , à la fin de 1803. Lord H*** paria mille guinées qu'il irait en quatre jours de Londres à Edimbourg (il y a cent vingt lieues), le visage tourné vers la queue de son cheval ; et il gagna son pari de quatre heures.

CHAPITRE XL.

Demoiselles entretenues.

Ce sont les héroïnes de la galanterie, les principales prêtresses de l'amour, dont elles célèbrent le culte, moyennant les offrandes énormes qu'elles reçoivent, et en ruinant souvent les adorateurs du dieu et des charmantes nymphes qui embellissent sa cour. Les anecdotes réunies dans ce chapitre, contribueront à les faire connaître à ceux qui n'ont pas vu la fin du règne de Louis XV, et les brillantes années de son malheureux successeur. Il pourra s'écouler quelque temps avant que ces dangereuses syrènes scandalisent tous les regards par l'effronterie de leur luxe. Au reste, aucune convenance ne réunissait l'entreteneur à l'objet de son choix, que l'amour du plaisir , et la ridicule envie de se ruiner.

Un petit-maître entre chez une demoiselle richement entretenue , et se plaint de l'impertinence du portier de la belle nymphe. «Parbleu , lui dit-il, vous devriez bien chasser ce drôle-là. — J'y ai bien pensé , répond-elle ; mais que voulez-vous ? c'est mon père. »

On trouve à la tête d'un roman intitulé *Mémoires Turcs* , une épître dédicatoire adressée à une fameuse courtisane , la demoiselle du T***. L'ironie en est aussi agréable que bien soutenue. Nos lecteurs pourront en juger par les passages suivans :«Nos palais, nos hôtels ne sont » plus aujourd'hui que la triste retraite » du lugubre hymen , où d'indolentes » épouses languissent dans l'ennui , sous » la garde d'un suisse chamarré , qui , » comme le marbre de sa porte , n'indique que l'hôtel du maître et la pri-

» son de sa triste moitié : tandis que la
» sémillante jeunesse , en foule dans vos
» petites maisons , y fixe l'amour et les
» jeux, et que vos petits soupers font par-
» tout le désespoir des grands.... Vos pri-
» viléges , déités du jour , sont aussi
» grands que sacrés ; et comment ne le
» seraient-ils pas ? Effets précieux du
» commerce , il est bien juste que vous
» participiez à l'heureuse liberté qu'on
» lui doit ; vous formez, sous la protection
» de Cypris, une république indépen-
» dante. Vos revenus , mieux fondés
» que ceux de l'Etat, se trouvent tous
» imposés sur nos besoins de première
» nécessité , et ils vous parviennent d'au-
» tant plus sûrement , que sans secours
» étrangers , vous en faites seules la re-
» cette et la dépense : vous ne troque-
» riez pas le produit de vos charmes ,
» contre la pension de la duchesse la
» mieux payée de son mari..... Depuis
» cette heureuse révolution , rien ne
» vous arrête , plus d'obstacles ; l'hymen

» tourné en ridicule, ose à peine se mon-
» trer; vous paraissez publiquement dans
» les voitures de vos amans, vous portez
» leurs livrées, leurs couleurs; souvent
» les diamans de leurs épouses; vos
» petites maisons s'élèvent par-tout des
» débris des grandes, et forment par
» leur nombre, dans les faubourgs de la
» capitale et sur les boulevards, une es-
» pèce d'enceinte de circonvallation,
» qui la tenant comme bloquée, vous
» en assurent à jamais l'empire..... Vous
» prenez le plaisir en général pour but,
» tous les hommes pour objet, et le
» bonheur public pour une fin de vos
» sublimes spéculations. Eternelles vic-
» times, et toujours sur l'autel, vous
» faites plus d'heureux en un jour que
» les autres en toute leur vie. Oui, mes-
» demoiselles, vous êtes le véritable luxe
» essentiel à un grand état, l'appât puis-
» sant qui lui attire les étrangers et leurs
» guinées. Vingt modestes femmes valent
» moins au trésor national, qu'une seule

» d'entre vous ; aussi êtes-vous hors de
» tous les rangs, à côté de tous les états,
« et les femmes par excellence de tous
» les hommes.... »

Outre la beauté, ou du moins la jeunesse, qui est nécessaire aux demoiselles
entretenues, il faut encore qu'elles aient
un manége très-adroit pour exciter les
passions , et sur-tout la générosité de
leurs amans. Par exemple, elles affectent
l'attachement le plus tendre et le plus désintéressé ; elles feignent d'avoir des
dettes, laissent tomber sans affectation
une assignation entre les mains de l'entreteneur. Elles font le même manége
pour qu'il voie, comme par hasard, une
lettre par laquelle on leur propose le
double de la somme qui leur est payée
chaque mois ; une mère ou une tante
postiches se chargent de représenter les
besoins que la belle n'ose avouer par un
excès de délicatesse ; elles appostent des
marchands qui viennent, en présence du
bailleur de fonds , offrir des étoffes,

des dentelles, des bijoux, dont on a grande
envie , mais qu'on refuse parce qu'on
n'a point d'argent, et que le galant entreteneur se trouve comme forcé d'acheter ; enfin , aussi fausses que les flatteurs
de cour , elles affectent les défauts ou
les bonnes qualités de celui qui les paie ;
s'il aime le jus de la treille , elles s'eni-
vrent avec lui ; s'il a le cœur excellent ,
elles affichent la bienfaisance , etc. , etc.

Mais il arrive quelquefois que leurs
manèges sont en pure perte et manquent
leur effet. Une de ces syrènes séduisantes
et trompeuses avait pris dans ses filets un
très-grand seigneur. Enorgueillie d'une
telle conquête , elle se croyait à la veille
de surpasser, par son opulence, toutes les
jolies nymphes de son espèce. Mais voyant
que la richesse n'arrivait chez elle que
par degrés , elle imagina un expédient
qui lui parut infaillible pour se procurer
tout d'un coup une grande quantité de
numéraire. Elle se fit écrire sur un papier
timbré une assignation pour payer une

11 *

somme de dix mille liv.et la laissa,comme
par oubli , sur la cheminée de sa chambre
à coucher. L'illustre amant ne manqua
pas de jeter les yeux sur ce griffonage de
la chicane , et d'avoir envie de le lire ; la
nymphe astucieuse feignit en vain de
vouloir l'en empêcher. Il se douta de la
ruse , mais parut en être la dupe, en as-
surant qu'il se chargeait de la dette; et
pour mieux le prouver , il emporte la
prétendue assignation. Le lendemain il
envoya à la demoiselle C*** un arrêt de
défense pour un an , et ne revint plus
chez la belle trop intéressée.

Une fameuse courtisane du grand ton
avait toujours sur sa table un *Almanach
Royal.* Quand il arrivait chez elle quelque Français jaloux de faire sa connaissance intime , il fallait qu'il lui prouvât
qu'il était inscrit dans le précieux almanach. S'il n'y était point , elle jugeait
l'aspirant indigne de ses faveurs.

Fontenelle parlant de l'*Almanach Royal*, disait que c'était le livre qui contenait le plus de vérités.

La lettre que nous allons rapporter fait assez bien connaître la classe des femmes entretenues ; cette lettre fut écrite par un jeune homme de province nouvellement arrivé à Paris. » Il faut, ma chère maman, que je vous fasse part d'un chagrin que je viens d'avoir, quoique je m'expose par là au reproche de l'avoir cherché malgré vous. Vous savez qu'au moment où j'étais prêt de quitter notre petite ville, nous apprîmes que notre voisine Babet, que nous avions vue si pauvre, était devenue grande dame à Paris. Quelques détails qu'on vous raconta vous firent comprendre que son innocence et son honneur avaient payé sa fortune ; et vous me défendîtes de lui faire visite en arrivant dans cette capitale. Je vous promis et je me promis à moi-même de ne pas la voir, quoique j'en eusse bonne

envie. Mais malheureusement je rencon-
trai par hasard, presque en arrivant, un
ami de collège qui la connaissait; il m'en
parla de manière à redoubler ma curiosité; il me conseilla de l'aller voir. Pardon, ma chère maman, vous m'aviez
donné des ordres contraires ; mais ces
ordres, il y avait long-temps que je les
avais reçus ; vous étiez à cent lieues de
moi, et je n'avais qu'une rue à parcourir
pour arriver .chez Babet. C'est par un
reste d'habitude que je l'appelle ainsi,
car elle est aujourd'hui Mme. de S***. Ah !
mon dieu, quel air d'opulence et de luxe !
Babet a dû être bien étonnée de se trouver Mme. de S*** ! car on dit que sa richesse et son nom lui sont venus tout
d'un coup. J'ai appris qu'elle était attachée à l'un des spectacles de Paris. Cela
donne, dit-on, des privilèges ; mais on
ne m'a pas encore expliqué de quelle
nature sont ces privilèges. Je fus assez
content de l'accueil qu'elle me fit. Je
crus m'appercevoir qu'elle était moins

fâchée de recevoir quelqu'un qui l'avait connue très-petite fille , qu'elle n'était charmée de faire voir qu'elle était devenue très-grande dame. Je remarquai seulement qu'elle était beaucoup plus polie avec moi , et il m'a toujours semblé que dans ces cas-là , on ne gagne guère en politesse qu'en perdant un peu d'amitié. Mais, encore un coup, je fus content de la manière dont elle me reçut. Je dînai quelques jours après chez elle ; je fus bien traité , et la compagnie fut aimable et brillante. Babet , ou Mme. de S***, (et je ne sais pas pourquoi je confonds ce qui se ressemble si peu), Mme. de S*** donc a un assez nombreux domestique. J'avais remarqué une femme âgée , qui ne la quittait presque pas. Elle était vêtue à-peu-près comme les autres domestiques; elle faisait les mêmes fonctions; le ton dont on lui parlait était à peu-près le même , avec cette différence pourtant , que les autres domestiques étaient moins familiers avec elle qu'ils ne le sont entr'eux, et qu'elle mangeait à table, mais sans bruit, dans un petit coin, et sans qu'on lui adressât presque la parole. Elle habille, déshabille Mme. de S***; et j'ai souvent blâmé tout bas la manière dont on la grondait, parce qu'il me semblait contradictoire d'admettre quelqu'un à sa table, et de le traiter avec mépris. Ah! j'aurais été bien plus fâché, si j'avais su qui c'était; et quand je l'ai appris, le chagrin que j'en ai eu m'a bien puni de mon indocilité envers vous. Cette espèce de servante de Mme. de S***, l'auriez-vous cru? c'est sa mère. Vous savez que je n'ai pu la connaître, puisqu'elle ne demeurait point avec sa fille. Ah! maman, comme j'aime bien mieux Babet que Mme. de S***! Babet n'aurait pas fait sa servante de sa mère. Eh bien, ce qu'il y a de plus étonnant, c'est qu'on prétend qu'à Paris c'est une espèce de mode parmi les jolies dames qui ont acheté au même prix une fortune et un nouveau nom. Mme. de S*** semble se faire un mérite de nourrir et d'entretenir sa mère. Est-ce qu'il y aurait donc un mérite à cela?...... J'ai été si indigné de cette découverte, que j'en ai voulu un moment à la mère de Babet pour s'être soumise à une telle humiliation; mais bientôt je n'ai fait que la plaindre, et je me suis reproché ce mouvement de mépris..... »

Quelques-unes de ces demoiselles qui ruinent si facilement leurs riches enteneurs, ont reçu si peu d'éducation, qu'elles font souvent en parlant, des fautes de français très-plaisantes. Une d'elles s'écria un jour : « Du moins on ne dira pas que je vois mauvaise compagnie ; car j'ai eu aujourd'hui à ma table plusieurs membres du Corps *Plumatique*.» (Elle voulait dire du Corps Diplomatique.)

Une autre disait : « J'ai eu le feu dans mon voisinage, et ma maison était brûlée, si je n'avais eu un bon mur citoyen (mitoyen).

Une célèbre actrice de l'Opéra (mademoiselle Arnould), aussi renommée par ses bons mots que par ses talens, faisait une vente de bijoux précieux, où tout fut porté à un prix excessif. Plusieurs jolies femmes en murmurèrent. « Mesdames, leur dit la spirituelle et maligne actrice, je vois bien que vous voudriez les avoir au prix qu'ils m'ont coûté. »

Croirait-on qu'il est dans Paris des mères qu'un vil intérêt engage à vendre l'innocence et les charmes de leurs filles ? Nous ne citerons ici aucun exemple de ce scandale public, attendu que cet excès de la corruption des mœurs n'est ignoré de personne.

Un fait de ce genre, moins connu, est l'anecdote concernant une ouvrière en dentelles, jolie et très-vertueuse. Sa mère, femme aussi méprisable que celle-ci était digne d'estime, eut la bassesse de vendre sa fille à un homme qui avait trente mille livres de rente. Mais la jeune fille ne voulut jamais consentir à cet odieux marché; une vertu si rare enchanta le riche libertin, et voulant récompenser la jeune personne, il l'épousa.

Un père eut aussi l'indignité de consentir à ce qu'un homme riche vécût avec sa fille d'une manière très-intime. Au bout de quelques années, le particulier qu'il avait tant favorisé (c'était un maître des requêtes) se dégoûta de la jeune personne et voulut la renvoyer sans lui accorder aucun dédommagement. Mais le père eut l'effronterie de prétendre hautement qu'elle devait avoir une pension viagère. Ces deux honnêtes gens n'ayant pu s'accorder, il s'ensuivit un procès peu édifiant. « J'ai loué la fille, disait le magistrat libertin et injuste, j'ai loué la fille comme l'on prend un carrosse de remise, que l'on renvoie lorsqu'on n'en veut plus. — C'est fort bien,

répondit le père ; j'approuve votre comparaison ; mais, Monsieur , quand on
prend un carrosse, et qu'on en a cassé
les glaces, il faut les payer. » Il est inutile d'observer que ce père criminel gagna cette cause infamante, et n'en fut
pas moins déshonoré.

Une vieille femme , lasse de s'égosil-
ler sur les boulevards à crier des noisettes au litron, s'amusait à regarder la
file des carrosses, lorsqu'elle apperçut
dans un magnifique équipage une jeune
personne couverte de diamans , et dont
elle crut reconnaître les traits , malgré
le fard et la couche épaisse de rouge.
Elle s'approche aussitôt afin de la mieux
considérer, et s'écrie tout-à-coup, en
sautant à la portière : « C'est elle , c'est
elle ! oui, c'est ma fille Javote, que je
croyais encore à l'Hôpital, depuis sa dernière aventure. » Les cris de cette bonne
femme attirèrent une foule de curieux.
L'élégante nymphe ne sachant comment

sortir d'embarras, fit promptement monter sa mère dans la voiture , malgré l'incommodité que dut lui causer l'inventaire rempli de noisettes, et dit au cocher de fouetter à toute bride. Les huées des spectateurs accompagnèrent le brillant équipage jusqu'à ce qu'on l'eût perdu de vue.

Un duc avait pour maîtresse une fille élégante, à qui il donnait environ cent écus par mois ; cette même demoiselle accordait en même-temps ses faveurs intéressées à un prêteur sur gages, qui lui permettait de se parer de tous les effets dont il était nanti ; on lui vit le rochet d'un évêque pour peignoir.

Un seigneur polonais, presque fou de la blonde G***, lui donna une montre de quarante louis, un ajustement de dentelles et un vis-à-vis attelé de deux bons chevaux. Ces magnifiques présens furent très-bien reçus ; mais l'amant prodigue

ne les avait pas tous payés. Celui qui avait
vendu à crédit le carrosse, M. Blanchart, propriétaire de l'hôtel d'Yorck, va,
vers les deux heures après-midi, trouver
la brillante courtisanne, au moment de
son lever ; comme elle croyait qu'il venait lui demander quelque grâce, elle
lui témoigna beaucoup d'humeur sur ses
chevaux, qui ne savaient pas courir.
M. Blanchart, d'un air respectueux, jaloux de la réputation des coursiers qu'il
vendait, lui proposa de les mener lui-
même à Longchamp, et il ajouta que
s'ils n'étaient pas dignes d'une aussi belle
personne, il les remplacerait par deux
chevaux anglais. Mademoiselle G*** lui
permet d'être son cocher. Sur les boulevards, il arrête et lui propose, à cause
de la délicatesse de nerfs qu'elle a reçue
de la nature, de descendre un instant,
pour que, par de brillantes caracoles,
il lui prouve tout ce que savent faire
ses chevaux sous les coups de fouet d'un
cocher habile. Elle daigne consentir à

l'humble prière ; mais en arrivant dans la contre-allée , elle regarde, et ne voit plus ni le cocher , ni l'équipage , déjà sous la remise , à l'hôtel d'Yorck , lorsqu'elle le cherchait encore des yeux. La demoiselle , toute honteuse d'être à pied, fut trop heureuse de s'appuyer sur le bras d'un jeune homme, qui ne pouvait lui offrir qu'un char semblable à celui de Vénus , traîné par deux colombes.

On a vu dans Paris une fille galante donner l'exemple d'une fécondité fort extraordinaire. Elle eut quatorze enfans, au moins de quatorze pères différens. C'était toujours au plus riche qu'elle accordait les honneurs de la paternité, et elle avait grand soin de se faire bien payer du prétendu désintéressement qui l'empêchait de recourir à la justice pour obtenir des dommages et intérêts. On voit que la demoiselle Rose était une femme d'ordre , qui ne manquait de conduite que lorsqu'elle le voulait bien. Son der-

nier amant étant mort, après lui avoir
procuré le glorieux titre de mère, honneur qu'elle recevait pour la quatorzième
fois, elle crut devoir s'adresser au parlement de Paris, pour assurer une lé-
gitime à l'enfant qu'elle venait de mettre
au jour. Mais les héritiers du défunt se
défendirent si bien, qu'elle n'obtint que
peu de chose, et qu'elle fut même con-
damnée à quinze francs d'amende envers les pauvres prisonniers de la con-
ciergerie, pour raison de quelques-uns
de ses enfans naturels; et dont elle avait
eu l'effronterie de rapporter les extraits
baptistaires.

Toutes les filles entretenues ne sont
pas également méprisables. En voici quelques-unes qui pourront trouver grâce
devant nos lecteurs. M. B***, employé
dans les vivres de la marine, laissa en
mourant une veuve encore jeune, mais
sans fortune et chargée de trois filles;
l'aînée approchait de quinze ans, et sa
beauté était parfaite; la seconde avait

dix ans, et la troisième n'en avait que huit, et elles promettaient d'égaler les charmes de leur aînée. Cette famille infortunée pouvait à peine subsister du travail de ses mains, et la mère avait la douleur de ne pouvoir faire donner à ses filles l'éducation que de jeunes personnes bien nées doivent recevoir. Cette femme respectable répandit ses chagrins dans le sein d'une intime amie, qui tenait un bureau de loterie dans un des beaux quartiers de Paris. La buraliste reçut avec le plus tendre intérêt cette triste confidence, et promit d'employer les ressources de son imagination pour tirer la mère et les filles de l'indigence où elles languissaient. L'obligante amie vint en effet un matin trouver la veuve, et l'abordant d'un air riant et satisfait : « Je me flatte, lui dit-elle, de changer bientôt votre affreuse situation. La misère est le comble de tous les maux; elle énerve l'âme, elle nous fait mépriser de tout le monde. Il faut

donc, à quelque prix que ce soit, chasser cette ennemie impitoyable, qui nous
plonge dans un état cent fois pire que
la mort. Vous avez trois filles charmantes ; il est donc absolument nécessaire
d'en faire un objet de finance. Je vous
apporte un plan que j'ai dressé, et qui
ne peut manquer d'avoir le plus grand
succès. » La veuve, agréablement surprise, sauta au cou de son amie, et lui
témoigna combien elle était impatiente
d'apprendre quel était le soulagement
qu'on lui préparait. « Ecoutez - moi de
sang - froid, continua la spirituelle et
adroite buraliste. » Alors elle tira de
sa poche un projet écrit très-lisiblement,
et conçu en ces termes : « Madame B***
a trois filles ; l'aînée est dans l'âge heureux de l'amour et des plaisirs ; c'est une
rose qui commence à éclore, et dont
plus d'un amateur desirerait se parer. Il
faut en faire le gros-lot d'une loterie qui
portera le titre de *Loterie de Cythère.*
Elle sera composée de cinq cents billets
d'un

d'un louis chacun; j'en ferai secrètement distribution, aidée de deux de mes amies; et pour nos frais et bons soins, il nous reviendra un petit écu par billet. Ces billets, exactement numérotés, seront signés de l'une des buralistes, et ornés d'une vignette représentant l'Amour cueillant d'une main une rose, tandis que de l'autre il arrosera deux jeunes boutons. Mes arrangemens sont pris pour assurer le succès du débit. Nos seigneurs agréables, nos gros richards, si curieux que les demoiselles à la mode diminuent l'embonpoint de leur coffre-fort, les étrangers, qui veulent être du bon ton, tous vont s'empresser de prendre des billets. Plusieurs de ces messieurs en ont retenu chacun pour le moins cinquante. Rien ne leur coûte, quand il s'agit de leur plaisir. Ils ne sont économes que vis-à-vis de leurs femmes, ou lorsqu'il s'agit d'obliger un infortuné. Dès que le nombre des billets sera distribué, on indiquera un jour où tous les intéressés

3   12

pourront se rendre dans une petite maison à la Barrière-Blanche. Ils seront témoins de la fidélité du tirage. La jeune
personne, objet de tous les hommages
et de tous les vœux, sera placée sur un
espèce de trône, entre ses deux sœurs;
et toutes les trois seront mises avec la
dernière élégance. La plus jeune tirera
les numéros; à la sortie du nombre fortuné, des fanfares se feront entendre;
et la mère présentera elle-même sa fille
à l'heureux mortel dont le sort l'obli-
gera de combler les vœux. Afin de consoler les perdans, et de leur laisser encore la douceur de l'espérance, on dé-
livrera à chaque porteur de billet, une
prime d'assurance pour le premier tirage
où la seconde des sœurs deviendra le
gros lot. Mais on sera tenu de nourrir
la prime, à raison de vingt-quatre sous
par mois, et les paiemens se feront au
bureau. Le jour que la seconde des sœurs
aura quinze ans révolus, on recommen-
cera à la Barrière-Blanche, ou ailleurs,

la cérémonie pratiquée pour l'établissement de la première. Lorsqu'elle sera
pourvue à son tour, les primes continue-
ront d'être nourries, jusqu'à ce que la
troisième soit en âge d'être unie à celui
que le sort lui destine. Les trois jeunes
personnes seront exactement veillées, et
elles recevront la meilleure éducation. »

Madame B * * * resta stupéfaite à la
lecture de ce singulier mémoire, que sa
délicatesse alarmée lui fit d'abord reje-
ter avec horreur. Mais la dangereuse amie
lui traça une peinture si effrayante de
tous les maux que traîne la misère,
qu'elle la mit à même de réfléchir sur le
bisarre projet. Elle lui observa qu'elle
procurait tout de suite un établissement
à son aînée, et que, par le moyen des
primes, il lui serait facile de vivre dans
l'aisance avec les deux autres, et de les
élever d'une manière distinguée. La tendresse maternelle saisissait la séduction
et la repoussait à l'instant. Enfin, la

crainte de voir mourir de faim les objets de sa tendresse, lui fit adopter une
idée qui l'aurait révoltée dans toute autre circonstance. Cette loterie extraordinaire fut tirée dans le plus grand secret,
et les jeunes personnes furent très heureuses, si l'on peut l'être réellement dans
un genre de vie que condamnent les
bonnes mœurs.

Le fameux Bouret, avant d'avoir fait
fortune, donna à mademoiselle Gaussin,
actrice célèbre des Français, un blanc
seing qu'il avait signé et conçut quelque
inquiétude sur la manière dont mademoiselle Gaussin le remplirait. L'actrice le lui
rendit avec ces mots écrits de sa main
au-dessus de sa signature : *Je promets
d'aimer toujours Gaussin.* Bouret, au
lieu de se piquer d'être fidèle à cet engagement, trouva plus commode de s'en
débarrasser, en envoyant à mademoiselle Gaussin une écuelle d'or pleine de
louis.

Un riche gentilhomme d'Espagne , né
auprès de Valence , habitait Paris en
1780; c'était un homme moitié dévot ,
moitié libertin, qui supportait le scandale des mœurs de la capitale en faveur
des plaisirs qu'on y goûte. Il y avait à
cette époque une demoiselle Mimi, syrène aussi séduisante que dangereuse,
qui , sous l'air de l'honnêteté et de la
candeur, cachait avec art toute la fausseté et la perfidie des filles de son état.
Ces deux personnages se trouvèrent à
l'amphithéâtre de l'Opéra , près l'un de
l'autre. On se parle, on se plaît (l'Espagnol était connu pour avoir au moins
trois cents mille livres de rente) , on
se donne la main en sortant du spectacle, on soupe chez la demoiselle. Il
se fait tard, on convient de passer ensemble le reste de la nuit; un lit volup-
tueux recèle les appas qui avaient charmé
le riche Espagnol; et cet heureux amant
disparaît tout-à-coup. La belle est étonnée de ce peu d'empressement; elle ap-

*

prend qu'il s'est retiré dans dans un cabinet voisin , pour remplir des devoirs ordinairement oubliés lorsqu'on se dispose à
rendre hommage aux divinités mortelles.
Arrive enfin le Cavarellos, bien repentant
du péché qu'il va commettre , et après
une nuit où Morphée perdit une partie
de ses droits , voici le discours que tint
à son amant l'adroite courtisanne : « Mon
cher cavalier, que penserez - vous de
ma facilité et de l'infâme métier que je
fais? Moi, issue de l'une des plus an-
ciennes familles de la Bretagne , élevée
dans les sentimens de l'honneur et de la
vertu, née avec quinze mille livres de
rente, aimée, adorée de mes parens, j'ai
tout sacrifié pour suivre un séducteur.... »
(Ici deux ruisseaux de larmes inondent
le plus beau sein du monde.) Ah! que ne
puis-je me retirer de cet état de crime et
d'opprobre! Mon cœur n'est pas corrom-
pu, il brûle de rentrer dans la bonne voie;
si les secours d'un homme honnête et
bienfaisant secondaient ses dispositions ,

je me jetterais dans un couvent, j'irais
y expier mes fautes par les remords et
les austérités. — Grand Dieu! s'écrie l'Espagnol, transporté de joie, avez-vous
permis que je commisse un énorme péché
pour retirer une âme du vice?.... Par-
lez, céleste personne, quels secours vous
faudrait-il? — Comment, Monsieur,
seriez-vous un ange envoyé du ciel pour
me retirer du chemin de la perdition?
Quelles obligations éternelles ne vous
aurions-nous pas, moi, mon père et ma
charmante petite-sœur Emilie?» Après
les plus vives instances de la part du
pieux Espagnol, et bien des petites fa-
çons qu'opposa la Nymphe, elle déclara
qu'elle se convertirait sur-le-champ, si
on lui remplaçait au moins la rente de
son patrimoine. Cinquante mille écus,
qu'elle placera au denier dix, la remet-
tront, quant à la fortune, dans l'état où
elle était avant ses premiers égaremens,
et elle les fera oublier par sa bonne conduite.« N'est-ce que cette misère, s'écrie

don Carlinos? Vous aurez cette somme
à l'instant. Des fautes dont on a le bonheur de se repentir, donnent un nouvel
éclat à la vertu qui reprend tous ses
droits... Vîte le chocolat et un fiacre. »
L'Espagnol vole chez son banquier, prend
cinquante mille écus en billets de la
Caisse - d'Escompte, et les apporte à la
belle, qu'il trouve en grand bonnet et
la vie des Saints ouverte devant elle, à
l'article de la Magdeleine. Il la conjure
d'accepter cette bagatelle et de lui per-
mettre de venir de temps en temps la
fortifier dans sa pieuse résolution. On se
rend à la sagesse des conseils ; on promet une extrême docilité à se laisser
conduire dans la voie du salut. Don Carlinos est enchanté ; il fait de fréquentes
visites et découvre toujours de nouveaux
motifs d'édification ; il se garde bien de
demander des faveurs qui eussent mis
obstacle à une conversion qu'il regardait
comme son ouvrage : d'ailleurs il eût été
fort mal reçu. Une semaine se passe, on

ne parlait plus de couvent : un beau matin
l'Espagnol trouve la porte de la sainte
personne fermée pour lui ; le jour même
il apprend qu'elle vit d'une manière très-
intime avec de jolis cavaliers connus par
leur libertinage. Il est furieux , il court
chez le lieutenant de police. « Je suis
trompé , volé , pillé , lui dit il avec un
saint emportement , je vous demande
prompte justice. Et il entre dans les détails
de son aventure.« Monsieur , lui répond
le magistrat , ces cinquante mille écus
composaient-ils toute votre fortune ? —
Non , Monsieur , ce n'est pas la moitié de
ma rente annuelle. — Tant mieux , car
vous seriez un homme ruiné. Vous avez
courtisé assidûment la demoiselle ; elle
vous a accordé ses faveurs ; vous lui avez
porté en pur don cinquante mille écus ;
ils lui appartiennent , ces créatures ont le
droit d'attacher à leur complaisance le
prix qu'on veut bien leur en donner. » Il
fallut que le dévot et libertin Espagnol se
soumit à cette sentence ; et il eut encore

12*

la douleur, en ayant voulu faire une sainte, d'avoir fait une plus grande pécheresse.

La source authentique d'où nous tirons cette histoire, nous en fournit une autre qui a quelque rapport à celle-ci. Une de ces jolies demoiselles qui regardent leurs appas comme une marchandise qu'elles ont droit de mettre en vente et de livrer au plus offrant, voyant que la guerre de 1780 l'empêchait de faire la conquête de quelque riche milord, résolut de duper un de nos lourds et crédules millionnaires. Elle honora de la préférence le Crésus le plus défiant et le moins prodigue. Elle prend un carrosse drappé, deux grands laquais, et se donne pour une comtesse de province qui vient visiter son cher cousin, M. Baudet d'or. Cet épais richard, qui était un homme de la fange, tressaille d'aise d'être reconnu le parent d'une femme de qualité; l'intrigante avait des notions sur la fa-

mille de son prétendu allié. On entre
dans des détails , dans des éclaircisse-
mens ; mon cher cousin , que je suis ravie de vous voir ! Ma chère cousine ,
quel bonheur pour moi de faire votre
connaissance ! La cousine était tous les
jours dans la maison du Plutus.Enfin elle
parvint à lui faire un emprunt considérable ; elle engage la dupe à se rendre
chez elle pour prendre des arrangemens ;
l'Harpagon , qui était aussi avare qu'en-
têté de noblesse , vole au rendez-vous.
Quand il est nécessaire d'en venir au dénouement , la nymphe dit avec autant
de grâce que d'effronterie :« Mon cousin,
c'est assez jouer la comédie ; embrassez
votre cousine , et de bon cœur ; elle n'a
pas l'honneur de dater d'une antique noblesse , encore moins de vous appartenir :
c'est ainsi que s'acquitte une jolie femme.
Il faut que nous soupions ensemble , et
je vous paierai cette nuit vos contrats
en bons effets de Cythère. L'avare Crésus
ouvre de grands yeux , et veut faire le

méchant. « Point de bruit, mon cher cousin, reprend-elle, vous aurez du plaisir pour votre argent. » L'Harpagon vit qu'il fallait en passer par cette friponnerie, jeta un profond soupir et se résigna.

Heureusement que ces demoiselles ne réussissent pas toujours dans leurs perfides manéges. Un jeune officier aux gardes, débutant dans le monde, devint amoureux fou des charmes de la demoiselle G***, riche et fameuse courtisanne; il s'avisa d'un expédient assez singulier pour obtenir *gratis* les faveurs qu'il convoitait. Sachant un peu d'anglais, il se crut en état de jouer le rôle qu'il avait médité. Il loua une voiture leste et élégante, et sous le nom de milord Drackes, il suivit la nymphe à l'Opéra, où il avait appris qu'elle devait aller. A la sortie du spectacle, il s'empressa autour d'elle en demandant la voiture de mademoiselle G***, et ayant obtenu la permission de lui faire la cour, il monta devant elle dans un équipage riche et galant. La syrène ne doute point de la qualité du personnage qui jouait à merveille le rôle d'un gentilhomme britannique. Milord se présente le lendemain matin, vêtu d'un frac à l'anglaise, coiffé en joket, botté et un petit fouet à la main. Sous l'espoir que faisaient naître les apparences, il est admis et heureux. Il était question de souper le même soir ensemble et de prolonger dans une ivresse de six mois de séjour à Paris, une liaison que la demoiselle qualifiait du plus grand bonheur de sa vie. Il l'invite donc à un souper brillant qu'il donne, dit-il, à des compatriotes dans son hôtel, rue du Colombier, faubourg Saint-Germain, et il part avec toutes les démonstrations d'un amant passionné. La demoiselle G*** est impatiente de voir arriver l'heure de ce repas charmant; elle en parle toute la journée, et suppute déjà les guinées et les pierreries qu'elle va recevoir. Rien ne manque à sa parure et à son élégance. Neuf heures sonnent enfin, elle demande sa voiture, part et arrive. Mais quelle surprise! Point de milord Drakes à l'hôtel-garni, personne de ce nom n'y a jamais logé, point de souper commandé, et l'on n'attend aucun convive. La nymphe honteuse et désolée ne peut se dissimuler qu'elle a été prise pour dupe.

Voici une autre syrène qui se laissa tromper d'une manière encore plus plaisante. L'une de ces demoiselles du grand ton qui s'attendrissent à l'aspect de l'or et des diamans qu'on apporte en tribut à leurs charmes, étant devenue veuve, c'est-à-dire, ayant été quittée par la riche dupe qu'elle ruinait, s'avisa d'écouter les soupirs de quelques jeunes gens. Mais, comme elle avait l'humeur très spéculative, elle s'apperçut bientôt du désordre qu'elle allait mettre dans sa fortune, et résolut de changer de conduite. En conséquence du plan qu'elle forma, elle avertit son portier de ne laisser parvenir auprès d'elle que des hommes d'un âge mûr. Un jeune militaire, informé des projets de cette nymphe, aussi belle que prudente, loin d'en être effrayé, pensa qu'il lui serait facile d'en tirer parti. Il convoitait depuis long-temps cette jolie syrène, et se flattait d'être à la veille de l'attendrir, lorsqu'elle s'était avisée de chasser l'amour et les jeux badins, pour rappeler autour d'elle l'intérêt et la fausseté. Voici le moyen que mit en usage le galant militaire : il s'affubla d'une perruque blonde, d'un habit à l'antique qu'il boutonna du haut en bas, se peignit en gris la barbe et les sourcils ; en un mot, prit la tournure et les manières d'un homme de soixante-dix ans, et se rendit en ce burlesque équipage à la porte de la jolie nymphe. S'appuyant avec peine sur une canne à pomme d'or, et parlant d'une voix cassée, il parut plus beau qu'Adonis, ou l'on crut que c'était Titon qui voulait, une seconde

fois, rajeunir dans les bras de l'Aurore.
Parvenu auprès de la complaisante déité,
il représenta très-bien le personnage
ridicule d'un barbon amoureux. « Connaissez, mademoiselle, dit-il en toussant,
tout le pouvoir de vos charmes. Vous me
faites oublier mon âge et les devoirs
que m'impose mon rang. Apprenez que
vous voyez à vos pieds le comte de Saint-
Germain, ministre de la guerre. — Ah!
monsieur le comte, répondit la belle,
agréablement surprise, pardonnez si la
gaîté de mon caractère m'a fait manquer
au respect qui vous est dû. — Je ne viens
point ici pour vous trouver trop raisonnable; je me plais, au contraire, à voir
votre aimable folie. » Le faux vieillard
devint entreprenant et sut triompher de
la faible résistance qu'on lui opposa. Eh!
le moyen de manquer de complaisance
pour un homme dont on attend une
prodigieuse fortune! Le jeune et rusé
militaire promit de venir souper le lendemain, et de prendre tous les arrange-

mens nécessaires, mais secrets, pour le
rôle brillant qu'allait jouer l'objet de sa
tendresse. A peine se fut-il éloigné, que
la courtisanne, transportée de joie,
courut confier (à trois amies seulement)
le bonheur qui venait de lui arriver;
elle finit par les inviter à souper pour le
lendemain, afin qu'elles fussent témoins
de son bonheur et de sa gloire. Elle
commanda chez un fameux traiteur un
repas magnifique, et donna ordre que le
champagne et les vins de liqueur ne
fussent point épargnés. Mais sa confusion
et son dépit ne sauraient se décrire,
lorsqu'elle eût vainement attendu jusqu'à
minuit. L'appétit la força de se mettre à
table avec ses amies. Que le souper fut
triste en comparaison de la gaîté qui
devait y régner ! Cependant elle se con-
sola ; des affaires imprévues pouvaient
être causes qu'on lui avait manqué de
parole. Au bout de huit jours, passés
dans une pénible attente, elle prit le
parti d'écrire en ces termes, au vieux

comte de Saint-Germain , pour lors à
Versailles : « Quand on a donné sa parole , il n'est point honnête d'y manquer,
surtout à un loyal chevalier Français.
Vous savez, Monsieur le comte , tout ce
que vous m'avez promis , et cependant
huit jours se sont passés sans que je vous
aie revu. Je souhaite que vous vous jus-
tifiez ; je vous prie même de le faire. »

ADÉLAÏDE T***.

Qu'on juge de la surprise du comte de
Saint - Germain en recevant ce tendre
poulet. Il s'imagina que c'était un tour
qu'on voulait lui jouer; et comme tout fait
ombrage aux courtisans , il crut devoir
faire cesser la plaisanterie , en mandant
à la personne qui lui avait écrit , de venir
promptement lui parler à Versailles.
Cette réponse laconique réveilla les espérances de mademoiselle Adélaïde; elle
se hâta de voler auprès de sa brillante
conquête. Mais que devint-elle lorsqu'a-
près avoir été introduite dans le cabinet du

comte, elle reconnut sa méprise ! «Vous voyez, Mademoiselle, lui dit-il en souriant, que je n'ai aucun tort envers vous. — Excusez-moi, Monseigneur, s'écria la nymphe tremblante et confuse, on m'a cruellement trompée en abusant de ma crédulité. — Retournez tranquillement à Paris, Mademoiselle, et que cette aventure vous apprenne à me connaître. Après avoir été sage toute ma vie, ce n'est point à mon âge que je voudrais acheter bien chèrement des plaisirs qui seraient suivis, tôt ou tard, des regrets les plus vifs. » Adélaïde T***, congédiée avec beaucoup de politesse, se regarda comme très-heureuse d'en être quitte pour la mistification qu'elle avait éprouvée.

CHAPITRE XLI.

Dettes. Usuriers.

ON ne tarirait point sur les travers, sur les folies des jeunes gens qui habitent la capitale, et qui, pour la plupart, se préparent à la conscription, à l'honneur de porter les armes pour la patrie, en devenant des héros d'amour et de tripôts. Que résulte-t-il de ce genre de vie ? Qu'ils se ruinent, ou contractent des dettes, qu'ils sont très-souvent hors d'état de payer ; mais ce dernier inconvénient est le moindre de leurs soucis, attendu que les personnes sans conduite se soucient fort peu de faire honneur à leurs engagemens les plus sacrés : il est même du bon ton de se moquer de ses créanciers.

Un jeune homme ayant été contraint,

pour dernière ressource , d'emprunter sur tous ses habits, se fit faire un frac de taffetas avec des rideaux de fenêtres. Un de ses amis l'ayant rencontré dans cet accoûtrement , lui dit qu'il aurait pu y laisser les anneaux en guise de boutons, ce qui aurait pu en faire naître la mode.

Le jeune de C*** n'a jamais su ce que c'était que l'économie ; son revenu est toujours prodigué long-temps avant d'être échu ; aussi éprouve-t-il tous les besoins de l'indigence dans une situation qui devrait le mettre fort à son aise , s'il était moins joueur , moins libertin. Son tailleur, qui satifaisait à crédit toutes ses fantaisies, ayant promis de lui apporter tel jour un habit complet , il crut devoir se fier à la parole de cet homme , et imagina, pour avoir quelque argent, de vendre aux frippiers ambulans qui courent les rues , l'enveloppe journalière de son individu. Mais que résulta-t-il de son imprudence ? Le tailleur manqua à sa parole , et il fallut que l'étourdi restât huit jours au lit , ne pouvant honnêtement rester en chemise,

Un ci-devant marquis, souvent assiégé par un de ses créanciers, lui dit un jour cette vérité naïve , dans un transport de colère : « Vous revenez tous les jours ; mais si je n'ai payé personne depuis dix ans , il est absurbe de me tourmenter. »

Un seigneur d'autrefois , après être échappé d'un grand péril , fit publier qu'il payerait ses dettes à une prochaine époque ; huit cents créanciers se présentèrent au jour indiqué. Le duc avait changé d'avis, et ses officiers donnèrent cette réponse au lieu d'argent : « Monseigneur vous fait beaucoup d'honneur de vous devoir , et de vous mettre parlà dans le cas de savoir qu'il pense à vous quelquefois. »

Le plus tendre des pères , établi en

province , apprend la mort d'un fils unique qui étudiait en droit à Paris. Il part pour la capitale , afin de recueillir les effets de ce fils chéri et de pleurer sur sa cendre. Mais la première personne qu'il rencontre dans le Palais-Royal, c'est cet objet de sa tendresse paternelle, dont il déplorait si vivement la perte. Le jeune homme ne pouvant plus obtenir d'argent de son père , avait feint une longue maladie, et s'était enfin fait passer pour mort , par le moyen d'un ami offi- cieux , qui lui avait remis les honoraires des suppôts d'Esculape , et les frais d'un enterrement qui n'avait point eu lieu (1).

Un agréable de la capitale , accablé de dettes , s'avisa de réaliser le trait de Crispin qui feint d'être l'oncle ma- lade , dans la comédie du *Légataire Universel.* Une superbe maison de cam-

(1) C'est le sujet des *Etourdis* , si agréable- ment traité par M. Andrieux

pagne , auprès de Paris , fut le lieu de la
scène ; elle appartenait à un oncle très-
riche du libertin dont il s'agit, qui forma
son complot avec plusieurs amis, aussi
peu sages et scrupuleux que lui-même ,
et dont chacun se chargea de jouer un
rôle ; les uns de domestiques , les autres
de médecins , de garde-malade , et le
plus hardi d'entr'eux fit l'oncle supposé à
l'extrémité. Deux notaires mandés de
Paris reçurent le testament de ce prétendu malade , qui leur dicta , d'une
voix faible , qu'il léguait deux cents mille
francs à son cher neveu , et déclara ne
pouvoir signer. Le légataire régala magnifiquement les deux officiers publics ,
suivant les ordres de son oncle , et l'on
se sépara fort content. Quelques jours
après cette astuce , l'intrigant neveu alla
chez le notaire qui avait en dépôt le
testament, et le pria de lui prêter une
somme à compte des 2,000 francs dont
il ne pouvait ignorer que son oncle, qui
allait de plus mal en plus mal , le faisait
seul

seul héritier. Le notaire, séduit par les
promesses du jeune homme, lui prêta la
somme demandée. Mais il eut quelque
inquiétude d'avoir été si obligeant, lorsque plusieurs mois se passèrent sans qu'il
apprît la mort de cet oncle. Enfin, ne sachant que pénser, il prit le parti d'aller
lui faire une visite dans l'hôtel qu'il habitait à Paris. Il commença par lui témoigner sa satisfaction de le voir aussi
bien rétabli de la cruelle maladie qu'il
avait eue. « Que dites-vous, s'écria le
richard ! Je me porte à merveille depuis
long-temps. — Mais je vous proteste,
Monsieur, que j'ai reçu votre testament
avec un de mes confrères, et que vous
étiez alors dans un état désespéré. » Qu'on
se représente l'étonnement de ces deux
hommes, à mesure qu'ils parvinrent à
s'entendre, et qu'on juge si le neveu gagna dans l'explication.

Sous l'ancien régime, les aimables libertins, les *roués* n'étaient pas les seuls
qui trouvaient ignoble de payer ses

dettes. Telle maison noble ou titrée devait au boucher six années de fournitures, à l'épicier cinq, au boulanger quatre; les domestiques eux-mêmes faisaient crédit de leurs gages; tandis que toute maison roturière soldait au bout de chaque année. Le créancier d'une dette contractée au jeu l'emportait sur celui qui avait fourni le pain, le vin ou la viande. Quand les fournisseurs, impatiens d'attendre, sollicitaient enfin leur paiement, l'intendant venait au lever de M. le Duc, et lui disait respectueusement: « Monseigneur, votre maître-d'hôtel se plaint que le boucher ne veut plus fournir de viande, parce qu'il y a trois ans qu'il n'a reçu un sou. Votre cocher dit que vous n'avez qu'une seule voiture en état de servir, et que le sellier ne veut plus avoir l'honneur de votre pratique, si vous ne lui donnez un à-compte de dix mille francs. Le marchand de vin refuse de remplir votre cave; le tailleur, de vous donner des habits. — Les imperti-

nens, s'écriait M. le Duc ! Qu'on aille
chez d'autres , je leur retire ma] protection. »

L'intendant de l'avant-dernier prince
de Conti vint lui dire qu'on ne voulait
plus lui faire crédit, excepté pourtant
le rôtiseur, et que ses chevaux man-
quaient absolument de foin et d'avoine.
« Eh bien, répondit l'altesse, qu'on leur
donne des poulets. »

Un boulanger à qui certain marquis
devait en mourant une somme assez
forte, disait naïvement en parlant à
l'homme d'affaires : « Hélas ! ce grand
seigneur, quand j'allais lui demander de
l'argent , il me faisait asseoir du moins à
côté de lui. A présent on ne paie pas
davantage, mais on n'est plus si honnête. »

Un bon mot fait souvent la fortune
de l'homme du monde qui le débite,
tandis que ceux qui échappent aux gens

de lettres leur causent souvent des regrets éternels. Le jeune Comte de****
n'avait que mille écus de rente ; il donnait de gage trois mille livres à son co -
reur, et il disait : « J'ai trouvé l'art
d'avoir toujours une année de mon revenu devant moi. » Ce bon mot enchanta
toutes les femmes , et fut cause de son
avancement.

Un de ces libertins déhontés, qui se
font un point d'honneur de ne pas payer
leurs dettes , fut contraint de passer une
obligation, et y ajouta *payable à ma
volonté.* Après bien des délais , des
sommations, des assignations, il com-
parut devant le juge , auquel il déclara
que sa volonté de payer n'était point encore venue. « Eh bien , dit le magistrat,
qu'on le mette en prison jusqu'à ce qu'elle
vienne. » Elle arriva dans le moment.

M.**** ayant perdu sa femme, alla chez
le médecin qui l'avait traitée pendant sa

maladie, et le pria de lui dire ce qu'il lui devait. Le docteur répondit que M. ***
n'était pas fait pour être taxé, qu'il savait les égards qui étaient dûs à un homme de son importance. M. **** reprit qu'il ne voulait avoir aucun égard pour ces procédés pleins de délicatesse ; qu'il était fait pour payer honorablement, et qu'il voulait absolument savoir le montant de sa dette. Le médecin, si vivement pressé, lui demanda si cinquante louis lui paraissaient une somme trop forte ? — Comment, cinquante louis, s'écria M. **** ! vous êtes trop modeste, et je prétends vous porter pour cent louis sur l'état de mes créanciers.

Qu'il en coûte d'argent et souvent de crimes à ceux qui entretiennent de brillantes Laïs, ou qui se livrent à la fureur du jeu, ou qui s'abandonnent à des dépenses irréfléchies ! Un homme riche enleva furtivement les diamans de son épouse, pour les donner à sa maîtresse, et laissa

pendre un valet-de-chambre, qui fut
soupçonné de ce vol.

Le duc d'Olone, mort depuis plusieurs
années, manquait souvent d'argent,
quoiqu'il jouît d'une fortune considérable. Mécontent de son Suisse, il prit le
parti de le renvoyer; mais hors d'état
de lui payer ses gages, il lui fit un billet
de 500 francs, payable dans trois mois.
Ce Suisse, auquel les vapeurs bachiques
ôtaient peut-être la mémoire, s'apperçut un jour qu'il avait perdu le billet de
son ancien maître, et eut la simplicité, en
chopinant avec le compatriote qui lui
avait succédé, de raconter la perte irré-
parable qu'il venait de faire. La nouvelle ne tarda pas à parvenir à M. le Duc,
qui regarda pour lors sa dette comme
payée. Le Suisse congédié s'étant présenté, au bout de trois mois, pour allé-
guer le besoin extrême qu'il avait d'argent, et sa confiance en la probité de
Monseigneur, celui-ci eut le front de

soutenir qu'il ne devait rien, et n'avait jamais fait de billet pour la somme qu'on osait demander. Menacé d'être jeté par les fenêtres, le pauvre Suisse jugea à propos de se retirer, et d'aller conter son affaire à un procureur. Il s'exprima avec toute la franchise, apanage de sa nation; en sorte que le procureur ne douta point de la vérité de son récit, et se chargea de poursuivre l'illustre débiteur de mauvaise foi, sans que le Suisse, s'il venait à être débouté, fût tenu de rembourser les frais. « Nous perdrons certainement, disait le procureur désintéressé ; mais je veux me donner le plaisir de voir un grand seigneur renier une dette qu'il est sûr d'avoir contractée. » Il le goûta en effet, ce plaisir ; mais il fut beaucoup plus vif qu'il ne l'avait espéré. L'affaire s'étant engagée au Châtelet, le Duc fut appelé à son serment. La veille qu'il devait venir le faire à l'hôtel du lieutenant-civil, le Suisse eut le bonheur de retrouver son billet. Le procureur qui s'était chargé de défendre ses intérêts, lui recommanda de ne dire à personne l'heureux résultat de ses recherches, et pour le coup le bon Suisse se piqua de discrétion (peut-être parce qu'il fit l'effort de ne point s'enivrer pendant un jour.) Cependant M. le Duc comparaît devant M. le lieutenant-civil, qui lui dit de bien prendre garde au serment qu'il allait prononcer, capable de le déshonorer à jamais, s'il venait à être reconnu faux. Je persiste dans mes défenses, interrompit le Duc; et il allait se parjurer, lorsque le magistrat indigné lui cria d'arrêter, et lui montra le fatal billet. Il est aisé de se peindre la confusion de M. le Duc.

De tous les stratagêmes employés pour éluder le paiement de ses dettes, voici certainement le plus singulier. Un riche négociant de la rue Saint-Denis eut le malheur de se tromper dans les spéculations de son commerce, et se vit

13 *

à la veille de ne pouvoir satisfaire à ses engagemens. Au désespoir de l'embarras cruel où il allait se trouver, il eut pourtant assez de présence d'esprit pour chercher de sang-froid le moyen de payer ses créanciers sans leur rien donner. Prendre la fuite ne lui parut pas un moyen suffisant d'éviter leurs poursuites. En se tuant il pouvait bien tout d'un coup être hors d'affaire ; mais ce dernier de tous les expédiens exige un courage et des principes qu'il était loin d'avoir. D'un autre côté, il sentait une répugnance invincible à faire banqueroute. Après de longues réflexions, il résolut de mourir en apparence. A force d'argent il engagea un fossoyeur à lui apporter scrètement un cadavre, au moment où sa femme venait de sortir pour aller souper en ville, accompagnée du domestique ; il coucha le cadavre dans son propre lit, le défigura d'une manière étrange afin de faire croire que c'était lui-même qui venait de se casser la tête d'un coup de pistolet, et

laissa l'arme meurtrière auprès du mort.
Ses précautions étant prises, il se saisit
d'une partie de son argent comptant,
ferma la porte de son appartement, sortit sans être apperçu, prit la poste sous
un nom supposé, et passa en Angleterre.
On se représente facilement la douleur
de l'épouse lorsqu'en rentrant elle crut
voir son mari mort depuis plusieurs
heures et dans un état affreux. Comme
personne n'était resté à la maison, l'on
ne douta point qu'il n'eût été son propre
meurtrier. La justice qu'il fallut appeler
pour se mettre en règle, y fut aussi
trompée; mais en faveur de la famille,
elle ferma les yeux sur ce suicide; en
sorte que le cadavre fut enterré le lendemain comme s'il eût été le corps du
négociant. Les créanciers s'emparèrent
de tout ce qu'ils purent; la veuve, de
son côté, fit valoir ses droits, sa dot,
son préciput, ses reprises, de manière
que les dettes se trouvèrent éteintes à
trois - quarts de perte, et encore les

intéressés se crurent-ils très-heureux. La dame eut un bonheur auquel elle ne s'attendait point. Elle était encore jeune et douée d'une jolie figure ; ces deux précieux avantages lui procurèrent des consolateurs dans son veuvage, entr'autres un homme de finance , qui n'avait pas moins de trente mille livres de rente, qui se sentit tellement épris , qu'il lui offrit sa main avec sa fortune. On se doute bien que ses offres, aussi honnêtes qu'avantageuses , ne furent point dédaignées; mais ce qu'il y eut de plus étonnant , c'est que la possession n'éteignit nullement l'amour du financier , qui goûta dans son ménage , ainsi que son estimable épouse , la félicité la plus parfaite. Dix ans s'étaient écoulés avec la rapidité d'un jour , lorsqu'un matin , cette dame étant à sa toilette, on vint lui annoncer qu'un inconnu demandait à lui parler. C'était son premier mari , qui , persuadé que ses créanciers l'avaient absolument oublié, croyait pouvoir ressusciter sans courir

aucun danger. Introduit auprès de
Mme. ****, il la pria de faire retirer sa
femme-de chambre, et se fit ensuite
connaître. La dame feignit de ne point
remettre ses traits. Comme il se répandit en reproches sur son indifférence,
elle lui répondit qu'il aurait tort de se
plaindre, quand même il serait son ancien mari ; que non-seulement il l'avait
abandonnée sans s'inquiéter de ce qu'elle
deviendrait, mais qu'il n'avait pas même
daigné lui écrire pendant dix années
entières. « Après de tels procédés, ajouta-
t elle, serait-il naturel que j'abandonnasse
un homme qui me fait jouir du plus
grand bien-être, pour retourner vers celui qui voulut me plonger dans la misère ? » Le prétendu mort, voyant ses
instances inutiles, résolut de rentrer par
la force dans les droits que lui assurait
son mariage. Il osa se présenter devant
un des principaux magistrats du parlement, qui lui conseilla de sortir bien vite
de Paris, s'il ne voulait s'exposer à être

arrêté et puni comme coupable du crime de supposition et de violateur de la cendre des morts. Il ne se fit pas répéter cet utile avis, et se hâta de retourner en Angleterre.

C'est avec les étourdis, les prodigues inconsidérés, les gens sans conduite, que s'enrichissent sur-tout les escrocs qui se qualifient de *faiseurs d'affaires.* Il n'est pas extraordinaire qu'un fils de famille emprunte cinquante à soixante mille francs, et ne reçoive que deux mille écus.

Plusieurs riches marchands savent grossir leur fortune par l'inconduite de certains jeunes gens de famille; ils leur vendent bien cher, et sur de bonnes cautions encore, des bijoux qu'ils font ensuite racheter sous main pour très-peu d'argent comptant.

Un homme qui tenait un grand état,

voulant faire présent à mademoiselle D **** d'une fourrure d'hermine, et son intendant n'ayant pu lui donner de l'argent, il fit acheter à crédit cinquante mille peaux de moutons avec la laine, et quarante mille peaux de lapins; ce qui étant réduit tout de suite au comptant, produisit justement le prix de la fourrure. Elle lui coûta cinquante mille écus.

Un jeune homme de l'ancienne classe de la noblesse se trouva dépourvu d'argent au moment où une demoiselle de l'Opéra lui écrivit un billet par lequel elle lui mandait qu'elle devait donner le soir une fête, et le priait de lui envoyer de la bougie. Ce jeune seigneur, ne sachant à quelle espèce d'emprunt recourir, fut obligé d'acheter cinq mille livres de chandelles, qui étant vendues sur-le champ en argent comptant, ne donnèrent que la valeur d'environ cent pesant de bougies, qui par-là lui revenaient à plus d'un louis d'or la livre.

Le jeune marquis de L*** se vit forcé d'acheter pour dix mille francs de bouchons de liège, afin de pouvoir donner cent bouteilles de vin de Champagne à sa maîtresse.

Un jeune homme, forcé par le besoin d'avoir de l'argent et de le dépenser, fit une affaire avec un usurier, en bières propres à enterrer les morts, et on lui en envoya pour dix mille francs, sur lesquels il perdit environ les deux tiers.

Voilà ce que l'on gagne à implorer les services intéressés et ruineux de l'avide usurier. Cette espèce d'hommes rapaces et sans conscience, insensibles à la misère publique et particulière, et la voyant même avec une vive satisfaction, se pique pourtant de probité et de religion, parce qu'elle regarde son argent comme une marchandise qu'il lui est permis de vendre le plus cher possible.

M. F*** avait amassé une fortune considérable à prêter à fort gros intérêts. Il éprouvait quelquefois delégers scrupules. Aussi, dès que Pâques approchait, il était dans l'usage d'aller rendre visite à tous ceux qui lui avaient emprunté de l'argent, afin de savoir s'ils lui donnaient toujours de bon cœur l'intérêt qu'il avait exigé d'eux. Il faisait ordinairement cette visite tous les ans pendant la Semaine-Sainte. Comme ses pratiques étaient faites à ce manège, on lui criait d'aussi loin qu'on pouvait l'appercevoir : *Nous vous le donnons , Monsieur , nous vous le donnons.* Sa conscience ainsi en repos , il ne songeait plus qu'à faire ses Pâques , et à recommencer ensuite ses usures.

Un jeune homme , très-pressé de terminer avec un usurier, fut obligé de le suivre au sermon, avant que son affaire eût été terminée. Le prédicateur , par un pur hasard , s'éleva fortement contre

l'usure. « Dieu soit béni , disait le jeune
homme , mon vilain sera touché, et
ne me prendra que des intérêts mo-
diques.» Mais qu'il fut confondu, quand,
le sermon achevé, le vieil Harpagon se
tourna froidement de son côté, et lui dit :
« Ce bon prêtre vient de faire son métier, allons faire le nôtre. »

Un autre usurier, un peu plus scrupuleux que celui-ci , alla un jour dîner
chez un jeune homme pour conclure
une affaire, dans laquelle il lui volait au
moins six cents livres pour *l'obliger*.
C'était un jour maigre , et la table fut
servie en gras. Le vieil Harpagon refusa
de toucher à ces mets. Il termina l'affaire, parce qu'il ne voulait pas perdre
ses six cents livres ; mais il ne dîna
point, parce qu'il voulait sauver son
âme.

Les jeunes gens et les riches sans conduite ne sont pas seuls exposés à acheter

au poids de l'or, l'argent de ces sangsues impitoyables; les petits marchands, les fruitières, etc., ne peuvent malheureusement s'en passer pour se livrer à leur commerce; ils sont forcés d'emprunter sur gages à la petite semaine, ainsi que nous l'avons dit ailleurs (1).

Lorsqu'autrefois vous aviez le malheur de devoir, et que vous n'étiez qu'un honnête négociant (car les désœuvrés de qualité avaient le privilège de ne point payer leurs dettes), vous étiez arrêté par une troupe de recors, qui vous traitaient avec la dernière brutalité, vous coupaient la ceinture de votre culotte, vous traînaient par les cheveux dans un fiacre. Il est vrai que souvent on en tuait quelques-uns; le peuple compatissant prenait votre parti; et deux ou trois recors restaient sur le carreau. Maintenant on ne voit plus dans les rues de ces combats scan-

(1) T. I. Chap. V.

daleux et sanglans , et vous avez la consolation d'être conduit en prison par un garde du commerce , avec tout le ménagement possible.

Dans les temps de barbarie dont nous venons de parler , un particulier fut saisi avec éclat par ces happe-chairs féroces; mais ils en voulaient à un Parisien, et ils s'étaient emparés d'un Anglais , méprise occasionnée par le costume à la mode. A peine l'eurent-ils pressé, foulé dans le fiacre , qu'ils s'apperçurent de leur erreur à l'accent du prisonnier , qui n'écorchait et n'entendait que quelques mots français. Les trois sergens , plus fâchés d'avoir manqué leur proie , que des coups qu'ils avaient donnés si mal-à-propos, se retirèrent les uns après les autres, pendant que le fiacre roulait toujours , et le dernier ne dit autre chose , en prenant congé , que ces mots seulement : « Milord , c'est une plaisanterie.» Arrivé à la porte du Châtelet, le cocher fut bien

surpris de trouver le prisonnier tout
seul, et eut bien de la peine à comprendre sa demeure, où il le ramena avec
plus de plaisir qu'en prison, car le
menu peuple surtout est très-humain.
L'Anglais eut, de cette aventure, deux
dents de moins, et écrivit sur son
agenda : *Parisiens, mauvais plai-*
sans.

A force de dépenses inconsidérées, un
jeune Américain contracta des dettes
qu'il lui fut impossible d'acquitter. Ses
créanciers obtinrent une prise de corps
et le firent conduire incivilement à Sainte-
Pélagie, prison qui remplace celles du
Fort-l'Evêque et du grand et petit Châtelet. Malgré les commodités rassemblées
dans ce lieu d'arrestation, le jeune Américain s'y trouva logé très-incommodé-
ment, et eut le secret de s'en échapper
par une ruse assez ingénieuse. Un de ses
amis vint le voir suivi d'un prétendu
nègre, qui n'était autre qu'un blanc très-

barbouillé de noir , et sortit quelque temps après avec ce domestique méta-morphosé ; mais alors c'était le jeune Américain qui avait emprunté à son tour la couleur des habitans de l'Afrique.

CHAPITRE XLII.

Duels.

La funeste manie des duels, née d'un faux point d'honneur, commence à être moins à la mode, et ne tardera pas sans doute à être généralement détestée. Les nations barbares qui envahirent les Gaules en répandirent l'usage, pratiqué dans les forêts du Nord et de la Germanie, et inconnu aux Grecs et aux Romains, malgré leur extrême bravoure. S'il fut l'ouvrage des siècles de l'ignorance et de la férocité, il doit disparaître pour jamais à l'éclat des lumières et de la philosophie du XIXe siècle. On ne fait point briller son courage et le mépris de la mort, en exposant sa vie dans des querelles particulières, mais en combattant pour la patrie.

Déjà nous voyons luire à cet égard les beaux jours de la raison. En l'an XIII, dans le mois de messidor (juillet 1805), un jeune homme de Rouen fut condamné à vingt ans de fers, pour s'être battu en duel et avoir tué son adversaire. La rixe ayant eu lieu dans un billard, et les deux jeunes gens étant de l'espèce de ceux qu'on nomme tapageurs, le procureur-général près la cour criminelle de Rouen, fit dans ses conclusions une vigoureuse sortie contre ces refuges de l'oisiveté, où les jeunes gens vont perdre un temps précieux, leur raison, et l'argent que d'honnêtes parens ont tant de peine à leur amasser.

Après que Louis XIV eut défendu les duels, par un édit à jamais mémorable, on parla dans le monde d'une déclaration qui devait paraître relativement aux gentilshommes, un Gascon s'écria : «Que diable le roi peut-il faire contre nous, après nous avoir défendu les duels,

que nous avions pour nos menus-plai-
sirs ? »

Le maréchal de la Force ayant assisté
au sermon d'un ministre calviniste contre
le duel, fut si pénétré des argumens de
l'orateur, qu'il protesta publiquement
que si on lui envoyait un cartel, il ne
l'accepterait pas.

Les duels sont sévèrement défendus ;
et cependant on se bat tous les jours !
Recevez une injure, et obéissez à la loi,
vous passez pour un lâche, vous êtes déshonoré ; faites mettre l'épée à la main à
votre agresseur, vous risquez d'être puni
par la justice. Quel parti faut-il donc
prendre ? Traduisez votre ennemi à un
tribunal judiciaire, et il sera puni au
nom des lois. Appelez-le à l'armée, sur
le champ de bataille, ou bien au siége
d'une ville, et là, disputez avec lui de
courage. Si vous n'êtes pas à même de
suivre ces deux expédiens, imitez les
exemples

exemples que nous allons vous tracer. Nous en rapporterons ensuite d'autres, qui en seront le contraste.

Un franc étourdi proposa un cartel à un homme sensé par qui il se prétendait insulté ; ce dernier lui dit : « Depuis deux siècles on rit de Don-Quichotte pour s'être battu contre un moulin-à-vent ; jugez de ce qu'on dirait de moi si j'allais me battre contre une girouette.»

Un jeune homme , chaussé en escarpins, en bas blancs, attendait la fin d'un orage sous un des guichets du Louvre. Un homme assez mal mis , portant une longue épée , passe en courant auprès de l'élégant petit-maître , l'éclabousse et le couvre de boue. Celui-ci témoigne de l'humeur ; l'autre d'en rire. Le jeune homme aux bas blancs s'avance sur lui la canne levée. L'homme à la longue épée s'arrête , comptant quelques pièces de monnaie. « Mon petit ami , dit-il à son adversaire , en lui retenant le bras ,

prenez votre mal en patience , et ac-
ceptez cet argent. J'ai bien cinq sous
pour payer le blanchissage de vos bas ,
mais je n'ai pas cent louis pour m'enfuir
quand je vous aurai tué. » Et aussitôt il
part comme un trait.

M. de Villette , mort représentant du
peuple dans la convention nationale ,
était digne par son esprit de l'estime que
lui témoigna Voltaire. Il se glorifiait encore du titre de marquis, lorsqu'il invita
à un dîner somptueux avec des femmes
charmantes , un officier brutal qui l'avait
appelé en duel. Après le repas il lui dit :
« Croyez-vous , Monsieur, qu'on s'expose
volontiers à quitter tout cela et cent
vingt mille livres de rente ? Prouvez-moi
que vous avez le même sacrifice à faire ,
et nous nous battrons tant que vous voudrez. »

Un avocat, homme de beaucoup d'esprit, faisait la cour à une demoiselle qu'il

se proposait d'épouser, lorsqu'un officier se déclara son rival, et croyant l'épouvanter, lui dit qu'il fallait se battre en duel, ou lui laisser le champ libre. Mais l'avocat accepta le défi, et promit de se trouver à l'heure et à l'endroit convenus avec un témoin. Il ne manqua pas de s'y rendre en effet. Il dit à son adversaire qu'il ignorait absolument l'art de l'escrime, et qu'il avait apporté deux pistolets tout chargés, dont il lui donnait le choix. Paraissant se piquer de sentimens généreux, le jurisconsulte dit à son rival de tirer le premier : le militaire cède à ses instances, et voit tomber à ses pieds l'homme qui excitait sa jalousie Alors il craint les poursuites de la justice, et se hâte de prendre la poste et d'aller se cacher dans le fond de sa province. Au bout de quelque temps, il rencontre une personne de Paris qui allait souvent dans la maison de la demoiselle, et qui lui demande quelle a pu être la raison de son départ précipité ? Quoi ! répond

l'officier, vous ne savez pas mon affaire ? C'est moi qui ai tué l'avocat
un tel. — Que dites-vous, s'écrie
l'autre ! Votre heureux rival se porte à
merveille ; il vient d'épouser votre ancienne maîtresse. C'est donc à vous qu'il
a joué le singulier tour de feindre être
blessé à mort, afin de se débarrasser
d'un concurrent trop dangereux ? » Le
militaire fut d'abord furieux d'avoir été
pris pour dupe, et finit par rire de la
supercherie. L'avocat lui avait présenté deux pistolets chargés seulement
à poudre.

Venons aux exemples de bretailleurs
bien moins raisonnables. Le vicomte
d'Yzer était, pour quelques fredaines,
en 1784, à l'abbaye Saint-Germain,
prison de Paris consacrée aux militaires.
Il voit un prisonnier occupé à dessiner
une figure ; il reconnaît le portrait pour
celui d'une fille nommée d'Argens. Le
vicomte d'Yzer critique la gorge, qu'il

juge placée trop bas. L'autre assure
qu'elle est de la sorte chez la courtisane.
Le vicomte prétend que non ; et il s'é-
lève entr'eux une dispute si vive, que ce
dernier crache au visage du dessinateur,
qui lui demande raison d'une telle insulte. N'ayant point d'armes, ils convien-
nent de se battre au couteau ; chacun
attache le sien à une canne, et ils s'es-
criment de la sorte. On les sépare, et
on leur fait promettre de ne point donner
suite à cette rixe, lorsqu'ils seront libres.
Mais ils se rencontrèrent une nuit à l'hôtel
d'Angleterre, maison de jeu ; ils allèrent
se battre de nouvau, et le vicomte resta
sur la place.

Deux jeunes gens, amis dès l'enfance,
se battirent en duel : l'un d'eux aimait
depuis trois ans une femme de laquelle
il avait eu un enfant ; l'autre, par légè-
reté peut-être, et sans espoir de réussite,
essaya de plaire à la maîtresse de son
ami. Il trouva sans doute plus de facilité

qu'il n'en attendait ; il fut écouté ; le
premier soupçonne d'abord , bientôt il
acquiert la preuve de l'infidélité. Après
une explication très-vive , on se rend
au bois de Boulogne ; l'amant outragé
blesse mortellement son adversaire , et
revient désespéré d'avoir perdu à-la-fois
et sa maîtresse et son ami.

Dorminville était à Paris depuis plusieurs années , et n'employait les émolu-
mens d'une assez bonne place , que lui
avaient obtenue ses protecteurs , qu'à
goûter tous les plaisirs de la capitale ; il
était peu délicat dans ses amusemens,
qui dégénéraient presque toujours en dé-
bauches , lorsqu'il lui arriva une aventure malheureuse , qui fut pour lui une
leçon bien cruelle. Sa famille crut devoir envoyer auprès de lui un de ses
frères , jeune homme qui donnait les
meilleures espérances. Dorminville lui
trouva un air trop provincial , et s'imagina lui procurer des manières moins

gauches, en le menant dans les dangereuses sociétés dont il faisait souvent ses
délices. Il le conduisit un soir dans une
de ces maisons qui font rougir la pudeur
et le laissant au milieu de plusieurs nymphes, passa dans une chambre avec celle
qu'il honorait du mouchoir. L'air dé-
contenancé du jeune homme ne manqua
pas de paraître tout-à-fait plaisant ; un
tapageur vint lui rire au nez, et l'insulta
tellement que le provincial se vit contraint
de sortir pour aller se battre. Dorminville
parut bientôt, et demanda son frère avec
beaucoup d'inquiétude ; personne ne
daigna lui dire ce qu'il était devenu ; et
il se hâta de s'éloigner de cette infâme
maison, afin de se rendre chez lui, où
il se flattait de le trouver. Mais à peine
se fut-il avancé dans la rue, au milieu
de l'obscurité, qu'il sentit quelque chose
à ses pieds, et tâtant ce que ce pouvait
être, il s'apperçut que c'était un cadavre
tout sanglant. Déchiré par un pressenti-
ment affreux, il courut chercher de la

lumière, et connut que ce corps était
celui de son frère, percé de trois coups
d'épée, et déjà glacé par le froid de la
mort.

On a vu à Paris un homme qui ne
songea pendant plusieurs années qu'à
renouveler sa vengeance d'une insulte
grave. Il jouait tranquillement une partie
d'échecs au café de la Régence ; son adversaire lui contesta un coup, et n'ayant
point de bonnes raisons, lui donna un
vigoureux soufflet. Très-mécontent de
cette générosité, le souffleté voulait tout
de suite laver dans le sang l'affront qu'il
venait de recevoir ; mais on les sépara de
manière qu'ils ne purent se rejoindre
pour l'instant. L'homme insulté se retira
dans sa chambre, et se couvrit la joue
offensée d'un large emplâtre. Il se
montra de la sorte dans le monde, sans
s'inquiéter des mauvaises plaisanteries
qu'on pouvait faire en le voyant ainsi.
Plusieurs jours se passèrent sans qu'il

rencontrât son ennemi; enfin il l'apperçut dans la place des Victoires , et quoique ce fut en plein jour , il l'obligea de
mettre l'épée à la main. La foule des
spectateurs les sépara bientôt. L'homme
insulté , à demi-satisfait de ce qu'il venait
de faire , ne se vit pas plutôt seul , qu'il
tira de sa poche une paire de ciseaux , et
coupa le quart de son emplâtre. Au bout
d'une semaine , il retrouva son ennemi ,
et lui ayant fait une légère blessure , il
coupa gravement la moitié de son emplâtre. Enfin il le rencontra un soir dans
les Champs-Elysées , et le combat fut
plus sérieux : le donneur de soufflet
ayant reçu deux grands coups d'épée ,
l'emplâtre disparut pour jamais.

Tombant dans une extrémité toute
opposée, il est des gens qui , pour éviter
l'inconvénient des duels , ne rougissent
pas de se montrer poltrons, ou du moins
trop remplis de prudence. Un homme
racontait qu'il avait reçu un furieux

14*

soufflet. « Cela eut des suites, lui dit-on ?
— Comment, des suites, répondit-il ?.....
Ma joue enfla prodigieusement. »

Un fanfaron qui se vantait d'être ex-
trêment brave, voulant donner des
preuves de sa valeur, se fit adresser un
cartel anonyme pendant qu'il était dans
une grande compagnie. Le lendemain il
se rendit au bois de Boulogne, s'enfonça
dans l'endroit le plus solitaire, quitta son
habit, le suspendit à un arbre, en fit autant de son chapeau, puis déchargea
dans la basque de l'un et la corne de
l'autre, ses deux pistolets chargés de
deux balles chacun. Après ce bel exploit,
il se r'habilla d'un grand sang-froid, et
s'en retourna fièrement à Paris. Mais on
l'avait suivi sans qu'il y eût pris garde :
sa petite ruse de guerre fut découverte,
et fit beaucoup rire à ses dépens.

Un autre prétendu brave eut une dispute très vive au jeu, et fut peu ménagé

par son adversaire. On s'empressait de les séparer, lorsque l'insulté dit à son en-nemi : « Dans quelle intention m'avez-vous parlé de la sorte ? Est-ce tout de bon ou en badinant? — C'est fort sérieu-sement, répartit celui-ci. — Corbleu ! vous avez bien fait, car je n'aime pas qu'on badine avec moi. »

CHAPITRE XLIII.

Calembours.

Nous prions les personnes d'un goût délicat de ne point se laisser prévenir par le titre de ce chapitre. Les Anglais si graves, si flegmatiques, sont passionnés pour ce mauvais genre de plaisanterie, qu'on trouve avec étonnement dans leurs conversations, dans leurs journaux, dans leurs écrivains, même dans leur plus célèbre poéte tragique.

Pour rappeler combien les calembours sont aujourd'hui à la mode, à Paris, même dans les meilleures sociétés, nous n'entasserons pas ici les rebus, les pointes, les jeux de mots qui circulent dans la capitale depuis un grand nombre d'années. Sans vouloir excuser ce genre pitoyable, dont tant de per-

sonnes font leurs délices, nous préfé-
rons de faire voir, par quelques exemples choisis dans l'Histoire de France,
que les calembours étaient en vogue
dans le beau siècle de Louis XIV, et
même antérieurement. Le fameux marquis de Bièvre est loin d'avoir la gloire
d'en être l'inventeur.

Les réflexions suivantes doivent d'abord
trouver place ici. Un jeu de mot, dit un
auteur anonyme, est une équivoque,
fondée sur l'emploi d'un mot qui présente plusieurs idées. La raison même
ne les désapprouve pas quand le mot
renferme un sens également juste sous
diverses acceptions. Molière, pressé de
donner une représentation du *Tartuffe*,
répond au public : « Nous avions promis
Tartuffe ; mais monsieur le premier
président ne veut pas qu'on le joue. »
Le sel de cette réponse consiste dans
un jeu de mots, mais qui peut passer
pour un bon mot.

L'esprit des calembours, dit un autre

auteur , est l'esprit de ceux qui n'en ont pas , et il en faut d'autant moins , que plus un calembour est mauvais , meilleur il est.

Du reste, le génie même cherche quelquefois à s'égayer. Boileau , Voltaire , J.-J. Rousseau se sont amusés à faire chacun une énigme. Un savant estimable, M. de la Condamine, ne dédaigna pas de composer une poétique de l'Énigme et du Logogriphe.

C'est à Paris qu'est née la Charade , et ce ne fut qu'en 1782 , que l'on commença à mettre des Charades dans le Mercure de France.

Mais revenons aux Calembours consacrés dans l'Histoire. François Ier. demanda un jour à quelques seigneurs , s'ils n'avaient jamais vu de pie sur des pourceaux ? « Sire , répondirent-ils, nous en avons apperçu quelques-unes. — Mais , ajouta le roi, avez-vous jamais vu un pourceau sur une pie ? — Non , répliquèrent-ils. — Eh bien, leur dit alors le roi, regardez par cette fenêtre, et voyez un gros moine qui passe, monté sur un cheval pie.

Lorsqu'on proposa à Catherine, sœur de Henri IV, d'épouser ie duc de Bar, la princesse qui aimait le comte de T****, dit de bonne foi, qu'elle ne trouvait pas *son compte* dans cette alliance (són comte.)

Une jeune veuve était la maîtresse du maréchal d'Ancre; des dames, qui savaient que cette femme venait de perdre son mari, trouvaient mauvais qu'elle parût à la cour sans voile. « Mesdames, dit un seigneur, un vaisseau qui est à l'*ancre* n'a pas besoin de *voile.*

L'abbé Godeau dut l'évêché de Grasse à un calembour que voulut faire le cardinal de Richelieu. Ce poète lui avait présenté une paraphrase du bénédicité

Daniel, que le cardinal admira. Quelque temps après, il lui dit : « Monsieur Godeau, vous m'avez donné bénédicité, et moi je vous donne *grâce* (Grasse).

Dès que madame de Maintenon parut être dans les bonnes grâces de Louis XIV, qui négligeait pour elle et madame de Montespan, et mademoiselle de Fontange, et toute la cour, on ne l'appela plus que *madame de Maintenant.* « Je ne sais auquel des courtisans la langue a fourché le premier, dit madame de Sévigné, ils appellent tout bas madame de Maintenon, *madame de Maintenant.*

Sur la fin du règne de Louis XIV, le grand Dauphin parut surpris de la détresse qui semblait menacer la monarchie française de sa ruine. Mon fils, dit le roi, nous maintiendrons notre couronne. — Sire, répondit le Dauphin, maintenons-la (*Maintenon l'a*).

L'ambassadeur du roi de Suède devait faire son entrée à Londres. Le baron de Vatteville, ambassadeur du roi d'Espagne qui disputait le pas à notre ambassadeur le comte d'Estrades, eut l'adresse de faire passer son carrosse avant celui de ce seigneur. Cela donna lieu à ce calembour : lorsqu'on demandait : Que fait Vatteville en Angleterre ? on répondait : il bat l'Estrade.

On parlait, devant Boileau , d'un homme qu'il méprisait , et qui était tombé malade ; le satyrique s'écria : *Quel fat alité* (quelle fatalité)!

Le cardinal Janson disait un jour à Boileau , qu'il aurait dû s'appeler *Boivin*, parce que le vin vaut mieux que l'eau. « Et vous, Monsieur , répliqua Boileau , vous ne devriez pas vous appeler Janson, mais Janfarine , attendu que la farine vaut mieux que le son.

Un jurisconsulte nommé Julien Baudereau a fait un commentaire sur la coutume du Maine, où il n'a pas trop bien réussi : Lorsqu'on voulait le railler on disait de lui : « Si Baudereau a bien fait, ce n'est pas sa coutume. »

Deux frères nommés *Carterons*, imprimeurs à Lyon, avaient pour enseigne une balance avec des petits poids d'un côté, et des livres de l'autre ; ces mots étaient au bas : « *Les quarterons font les livres.* »

Lorsque le cardinal Dubois fut mort, on lui fit des obsèques magnifiques. Philippe d'Orléans, régent, voyant passer ces funérailles, dit à un courtisan : « Le diable doit être bien aise, je lui envoie *du bois* (Dubois).

Louis XVI s'amusait quelquefois de ces sortes de pointes. Dans un moment de gaîté il demanda un calembour à M. de

Bièvre. «Sur quoi, dit celui ci ?—Sur moi, répondit le roi. —- Ah ! Sire, reprit-il, vous n'êtes pas un sujet. »

Louis XVI, voulant payer son tribut à la mode, demanda à ce marquis de quelle secte étaient les puces ? Le calembouriste n'ayant pu répondre, le roi reprit : de la secte d'*Epicure* (des piqûres). — Eh bien, Sire, répliqua Bièvre, de quelle secte sont les poux ? Le roi ne répondant point, Bièvre ajouta : de la secte d'*Épictète* (des piques têtes.)

Le comte de Lauraguais, grand amateur de chevaux, étant de retour d'Angleterre, alla, suivant l'usage, faire sa cour à Versailles. Le roi lui demanda d'où il venait ? — De Londres, Sire. — Et qu'avez-vous été faire là ? — Apprendre à penser. —Oui, *à panser* des chevaux, reprit le roi.

Ce monarque faisait un jour des reproches obligeans au marquis d'Arlande de s'être exposé à Lyon le premier à voyager dans un globe aérien ; il finit par lui demander quel avait été son motif ? « Sire, répondit avec esprit cet officier, M. de Castries m'a donné tant de paroles en l'air, que j'ai cru que mon avancement dépendait de ce voyage. »

Dans une des courses de chevaux établies par les princes et seigneurs , pendant une partie du règne de Louis XVI , le marquis de Fénélon eut le malheur de se laisser tomber de cheval. On fit un calembour sur cette chûte; on prétendit qu'il ne pouvait manquer de gagner tous les paris, puisqu'il allait ventre à terre.

Le marquis de Bièvre étant entré un jour d'été chez le roi , le monarque lui dit : «Marquis de Bièvre, faites-nous une pointe qui soit bonne et courte. — Sire, répondit le marquis, il fait trop chaud pour se charger de courtes - pointes. »
Comment va la santé, disait ce mar-

quis à un comte de ses amis ? — Elle est furieusement altérée, mon cher marquis. — Eh bien, répondit l'homme aux calembours, faites la boire. »

M. de Bièvre était fils d'un chirurgien du roi, nommé Maréchal; dédaignant le nom de son père, il acheta la terre de Bièvre, et lorsqu'il entra dans les mousquetaires, il se fit nommer *le marquis de Bièvre.* Un de ses amis qui l'entendait annoncer sous ce titre, lui dit : « Mais, mon ami, tu as mal fait de ne prendre que le titre de marquis, et il ne t'en eût pas plus coûté de te faire appeler *le maréchal de Bièvre.*

Pendant le règne de la terreur, un orfèvre entendant des colpoteurs annoncer grand complot *découvert,* s'écria : O ciel ! un complot *des couverts*! adieu ma belle argenterie. »

A l'époque où l'on supprima les noms

des *saints*, quelqu'un ayant affaire dans la rue Sainte-Barbe, demandait partout *la rue Barbe* (rhubarbe), et chacun l'envoyait chez l'apothicaire.

A cette même époque, un marchand qui était connu sous l'enseigne de *Saint-Jean-Batiste*, fit peindre en place du bienheureux, un singe enveloppé de batiste, avec ces mots : *Au singe en batiste* (au Saint-Jean-Baptiste).

Le citoyen Lange se prétendit seul en droit de fabriquer les quinquets devenus si à la mode; il intenta un procès à un artiste, qui prouva les avoir perfectionnés, et fut en conséquence maintenu dans le droit d'en fabriquer aussi. Ce nouveau *lampiste* s'établit en l'an X (1802), rue Saint-Honoré, près celle de Rohan; il fit peindre au-dessus de sa boutique un soleil qui éclaire un globe dont on voit une partie : entre le soleil et le globe paraît un ange qui, étendant ses ailes, semble vouloir intercepter les rayons du soleil, ce qui lui est impossible : aussi lit-on autour de l'enseigne : *le Soleil luit pour tout le monde, malgré l'Ange.*

Une femme des premières classes de la société, dont la vertu ne jouissait point d'une grande réputation, se trouvant à l'Opéra auprès d'un jeune homme qui connaissait toutes les anecdotes scandaleuses q l'on débitait sur son compte, en fut lorgnée avec une attention très-particulière. La dame, piquée de cette lorgnerie perpétuelle, lui dit avec humeur. « Monsieur, cesserez-vous bientôt de me considérer ? — Madame, reprit le jeune homme, je vous regarde, je ne vous considère pas. »

FIN DU TROISIÈME ET DERNIER VOLUME.

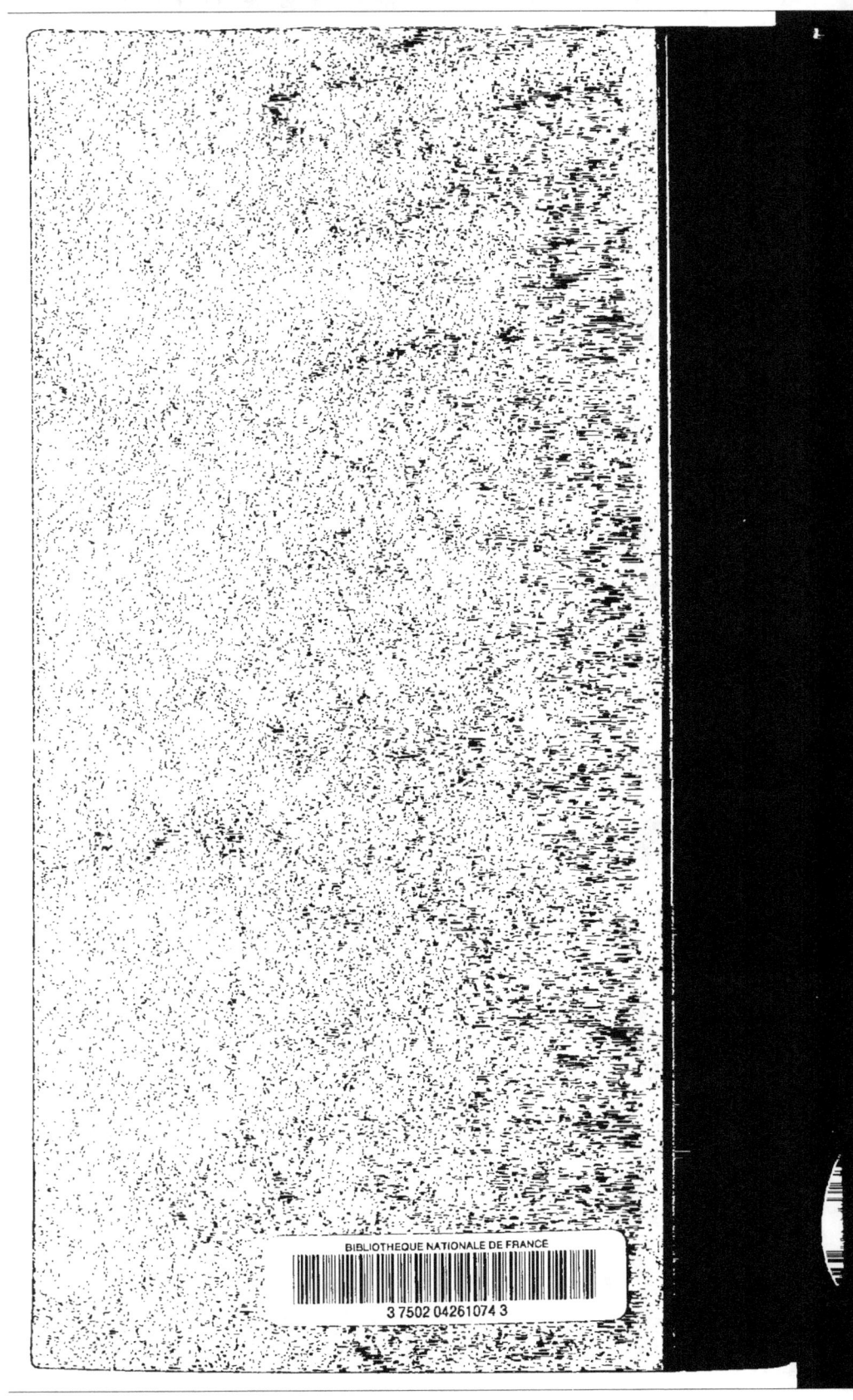